# 龍と帝王

仙道はるか

white heart

講談社X文庫

# 目次

イラストレーション／小山宗祐《こやまそうすけ》

龍と帝王

# プロローグ

昔から、あまり何かに執着することのない性質である自分が、これまでにただ一度だけ、本気で欲しいと願った存在がある。

欲しくて、どうしても手に入れたくて……。

けれど、つまらないプライドが邪魔をして、その時は自分からは相手に近づくこともできなかった。

あの頃の自分は、自尊心が強いだけの愚かな子供でしかなかったのだと、今ならはっきりとわかる。

結局、その存在とは、満足に言葉を交わすこともなく終わってしまった高校時代を、悔やんだところで今ではもう手遅れだと諦《あきら》めるしかなかった。

それは、高校卒業後に決定的に分かれた、互いの進む道があまりに違ったせいもあった。

だから、二度と会うこともないだろうと諦めていたというのに、運命の女神は彼に思いがけないチャンスを運んできてくれた。

十年の歳月を越えて再会した相手は、離れていた長い年月のあいだに、より魅力的に成長していて、今度こそどうやっても手に入れたいと彼に誓わせるのに充分だった。

今度こそ、手に入れるためには手段を選ばない。

今の自分には、無力だった高校生の頃とは違い、彼と並んで遜色《そんしょく》ないだけの財力もあれば、地位も名誉も備わっている。

年を経た分、ずるくもなったし、駆け引きをすることも覚えた。

だから、今度こそ必ず手に入れてしまおう。

逃げる隙《すき》など与えずに、この世で初めて愛した相手を、この身の内に飲み込んでしまおう……。

# 第一章

宇津木義国《うつぎよしくに》が、このスポーツジムに通うようになってから、そろそろ二ヵ月が経過しようとしていた。

高額な会費が必要な、いわゆるセレブと呼ばれる人間が集うこのジムは、六本木《ろっぽんぎ》にある最新鋭の高層ビルの上階にある。

最初は、宇津木の経営する会社の社屋から、場所的に近いというだけの理由で入会を決めたのだが、今では高い会費に見合うだけの充実した設備とサービスにも彼は満足していた。

会員の中には、知人や取引先の人間も少なくなかったが、持ち前の人当たりの良さで、今のところは彼らとの人間関係も順調である。

何よりも、父親の経営していた会社を継いでからは、満足にスポーツを楽しむ機会などまったくなかっただけに、こうして週末だけでも思う存分に身体《からだ》を動かせるのは、いい気分転換にもなって楽しかった。

彼が経営している宇津木コーポレーションは、一昨年に先代の社長である父親が急逝したために、一人息子である宇津木が跡を継いだばかりの多角経営の企業である。

主に輸入雑貨の販売とアパレル関係のオリジナルブランド店の経営が中心だったが、宇津木の代になってからは外食産業にも進出している。

就任当初は、あまりにも若すぎる二代目社長の力量を懸念《けねん》する声も、社内では密《ひそ》かに囁《ささや》かれていたが、二年のあいだにこれまではあまり力を入れていなかった外食産業の経営を成功させたことで、今では社内での宇津木の株はすっかり上がっていた。

現在では、都内に昨今流行のアジアンフーズのレストランを二軒と、フレンチレストランを二軒、他にも横浜《よこはま》と神戸《こうべ》にアジアンフーズのレストランを一軒ずつ経営している。

また、近々銀座《ぎんざ》に会員制の高級クラブをオープンすることも決定していた。

とりあえず、今のところの宇津木の人生は、順風満帆と呼んでも差《さ》し支《つか》えのない状況だった。

(ん？　なんだ……この、視線は？)

それは、あまりにも順風満帆すぎて、日々の生活に刺激が足りないことが、やや不満かもしれないなどと、宇津木がトレーニングの手を休めて贅沢《ぜいたく》な悩みを抱いていた時のことだった。

あからさまに自分へと注がれている視線に気がつき、宇津木は額から流れる汗をタオルで拭《ぬぐ》っていた手を止めた。

普段から、百九十センチ近い長身と、精悍《せいかん》で秀麗な容姿をしている宇津木は、黙って立っているだけで衆目を集めることもさして珍しくない。

しかし、その反面で、大柄で威圧的な雰囲気から、気軽に声をかけられるようなタイプではない宇津木を、ここまであからさまに凝視する人間も珍しかった。

宇津木の男くさい雄のフェロモンに惹《ひ》かれた女性たちからの、甘い秋波《しゅうは》にならなれているが、こんなふうに、あからさまではあるのに色を伴わないただ一途《いちず》な視線には宇津木も慣れていなかった。

（いったい、どこのどいつが……？）

自分に注がれている強い視線に誘われるようにして頭を巡らした宇津木は、そこにスラリとした長身の端正な容姿の青年の姿を見つけて軽く眉《まゆ》を寄せた。

年の頃は、おそらくは宇津木と同年代らしい青年は、姿勢がいいせいか立ち姿が際立《きわだ》って美しかった。

凛《りん》とした大きなアーモンド形の切れ長の目と、鼻筋の通った形のいい鼻、少し薄めではあったが官能的な紅《あか》い唇。

容姿は美しいが、けして女性的な部分はなく、若木のようにしなやかで清潔な印象の青年だった。

彼の姿を視界に収めた瞬間に、宇津木はすぐに「あいつに似ている」と思った。

あいつとは、宇津木の高校時代の同級生のことである。

けして親しいとは呼べない関係ではあったが、ひどく当時から印象的な男だった。

その同級生とは、高校卒業以来一度も会ったことがなかったが、彼が十年分成長すれば、おそらく今自分の視線の先にいる青年のように育っているだろうことは想像できる。

けれど、宇津木と視線が合っても動じることなく、挨拶《あいさつ》のつもりなのか軽く目線を下げた相手に、やはり違うと心の中でその可能性を宇津木は打ち消したのだった。

そうすると現金なもので、いくら相手が美青年だとはいえ、ごくノーマルな性向しか持ち合わせていない宇津木は、すぐに青年から興味を失った。

しかし、その日はそれ以降も何度か青年の視線を感じて、宇津木は妙に居心地の悪い思いをすることになったのだった。

何度目かの休憩の後に宇津木がフロアに戻ると、残念ながら目当てのトレーニング器機はすべて人で埋まっていた。

確かに、夕方も六時を過ぎ、これからジムの中は混みあう時間帯だった。

宇津木は、今日は休日ということもあり、夜には他に予定が入っていたこともあって、ジムには少し早めの時間にやってきたのだが、この様子ではそろそろ上がるべきかもしれなかった。

(……予定していたよりも早い時間だが、この混み具合では仕方がないか……)

出入り口の近くのベンチに腰を掛けて、とりあえずは器機が空くのをボンヤリと待っていた宇津木だったが、不意に「すみません」と声をかけられて我に返った。

「俺はもう上がるから、ここをどうぞ」

落ち着いた耳あたりのいい声に顔を上げると、先刻《さっき》から何度か目が合っていた、件《くだん》の美青年の姿があった。

「……ああ、わざわざありがとうございます……」

思いがけないほどに親しげな様子で相手から微笑《ほほえ》みかけられて、宇津木は彼には珍しく戸惑いながら礼を口にする。

(やはり……顔だけではなく、声にも聞き覚えがある気がする)

けれど、やはりまさかという思いが、宇津木の心の中を過《よぎ》った。

最初に目が合った時から、自分の知る『彼』に似ていると、思わなかったわけではなかった。

だが、宇津木の記憶の中にある『彼』なら、けして宇津木に対して微笑みかけたりしない。

（それどころか、高校時代は向こうからは、俺に話しかけてきたことさえもなかったな）

親しく言葉を交わしたいと願ったことはあったが、余計なプライドが邪魔して、宇津木のほうからもなかなか気安く話しかけることができなかった。

そんな不毛な思い出しかない相手だというのに、不思議と宇津木の中の『彼』の記憶は不快なものではなく、むしろどこか美化されたものだった。

いわゆる、思い出は美しいものの典型と言っても過言ではなかった。

「……そういえば、俺は先月からこのジムに通ってるんだけど、宇津木と会ったのは、今日が初めてだな」

少しだけぼんやりとしていた宇津木に対し、青年はやはり親しげな口調で話を続ける。

宇津木は、彼に当たり前のように名前を呼ばれたことに、本気で驚いた。

「え……？　何故《なぜ》、俺の名前を……」

宇津木の驚愕《きょうがく》に、青年は呆《あき》れたような様子で大袈裟《おおげさ》に両手を広げて肩を竦《すく》めた。

「……ひどいなぁ。やっぱり、わかってなかったのか。たった一年間だけとはいえ、元クラスメートの顔を忘れたのか？　俺は、ちゃんとおまえの名前を今でもフルネームで言えるってのにな、宇津木義国？」

宇津木のフルネームを口にすると、青年はどうだ？　とばかりの眼差《まなざ》しで宇津木の顔を、やや挑戦的に見つめた。

「クラスメート……？　あ、おまえ……それじゃあ、やっぱり九鬼《くき》か？　高校三年の時に一緒だった、九鬼亮司《りょうじ》なのか？」

（まいったな……。他人の空似じゃなくて、本人かよ……）

もしかしたらとは、宇津木だって何度も思ったのだ。

しかし、宇津木が知っている『九鬼亮司』は、高校生の頃の姿で止まったままだ。

確かに、昔から端正な顔立ちをしてはいたが、当時は銀縁の眼鏡をかけていたせいもあってか、どちらかといえば知的で怜悧《れいり》なイメージが強かった。

実際、九鬼の成績は宇津木でさえ敵《かな》わないほどに優秀だったし、その秀麗な容姿もあって、女子生徒からはずいぶんと人気があったようだった。

宇津木自身も、九鬼とはまた違うタイプではあったが容姿も成績も優れていたので、学校内ではかなり目立つ存在だった。

今になって思えば、勝手に相手のことをライバル視していたのは、宇津木のほうだけだったのかもしれない……。

だけど、少なくとも高校時代は九鬼のほうからこんなふうに、宇津木に対して親しげに話しかけてくるようなことがなかったことだけは確かだった。

「ああ、良かった。本当に忘れられていたら、どうしようかと思ったよ」

高校時代は、一度も自分に向けられたことのない九鬼の爽《さわ》やかな笑顔に、宇津木は妙に感慨深い気持ちになりながらも、九鬼につられたようにぎこちない笑みを返しながら言い訳を口にする。

「……いや、すまん。あの頃のおまえは、そう……眼鏡をかけてたじゃないか……。眼鏡をかけてないから、わからなかったんだ。コンタクトに……したんだな」

学生の頃から、男にしてはずいぶんと綺麗《きれい》な顔立ちをしているとは思っていたのだが、こうして眼鏡を外した素顔を間近に見ると、今さらながら九鬼亮司が本当に美しい顔立ちをした男だということがわかる。

それに、二十代も後半だというのに、肌理《きめ》が細かく清潔な肌をしていて、九鬼が普段から自分の容姿にも体調管理にも気を遣っていることが察せられた。

「コンタクトは、運動をする時だけ利用している。普段は今でも眼鏡を愛用しているよ」

屈託のない笑みを浮かべる九鬼に、宇津木はそうかと納得したように頷《うなず》いた。

先刻から自分を見つめていた青年の正体が九鬼だとわかった瞬間から、宇津木には今日はこれ以上のトレーニングをする気がすっかりと失《う》せてしまっていた。

せっかく、使用していたトレーニング器機を自分に譲ってくれようとしていた九鬼には申し訳なかったが、宇津木はベンチから立ち上がることなく、九鬼に向かって隣に座るようにと無言で促した。

従順に宇津木の促しに従った九鬼が彼の隣に腰掛けると、清涼な汗の匂《にお》いに混じって柑《かん》橘《きつ》系のコロンのいい香りがした。

途端に、普段は香水の類《たぐい》をつける習慣のない宇津木は、自分の汗の匂いが相手を不快にしないかと気になったが、横に座った九鬼の表情からは、そんな不快そうな様子は窺《うかが》えなかったので安堵《あんど》したのだった。

(なんと言うか、妙に緊張するものだな……)

正直に言ってしまえば、どんなに美しい女性が相手の時でさえ、宇津木はここまで緊張感を覚えたことはない。

「しかし……それにしても、おまえはよく俺のことがわかったな?」

高校で二人が同じクラスだったのは、九鬼が宇津木のいたクラスに転校してきた三年生の時の一年ほどのあいだだけ……。

しかも、何度も言うようだが、クラスメートとはいえ、行動を共にしていたグループが違ったこともあって、まったく九鬼とは親しい仲ではなかった。

素直に認めることは悔しいが、当時の九鬼の態度から考えても、宇津木が意識するほど彼が自分のことを気にかけてくれていたとは思えなかったのである。

だから、こうして九鬼のほうから宇津木に声をかけてきたことが、彼には意外でならなかった。

だが、同時にその事実が嬉《うれ》しくもあったのだった。

「宇津木は、学生時代とあまり変わっていなかったからな」

だから、すぐにわかったよと言って柔らかく微笑む九鬼に、宇津木は内心で密かに動揺していた。

どうにも、再会してからこちら、自分に対して好意的な態度を隠そうとしない九鬼には、正直戸惑いを隠せない。

「そうか？　この年で、高校の頃と変わっていないと言われるのは、少しばかり複雑だな。まったく、成長してないと言われているみたいだ」

宇津木は、子供の頃から体格が良くて大柄だったせいもあって、どちらかといえば実年齢よりは年上に見られることが多かった。

なので、外見的には学生時代からさほど変わっていないと言われても仕方がないのかもしれなかったが、彼自身はそれなりに流れた年月分、大人の男としての落ち着きを身につけてきたつもりでいたので、九鬼の言葉にはなんとなく落胆を隠せなかった。

そんな宇津木の心情を鋭く察したらしい九鬼は、些《いささ》か慌てた様子になる。

「いや、すまない。べつに、悪い意味で言ったつもりはないんだ。宇津木は昔から、なんと言うか存在感があって、年不相応に落ち着いていたから……」

年不相応に落ち着いていたというのなら、むしろ九鬼のほうこそがそうだったと思うのだがと、宇津木は自分の目の前で困ったように形のいい眉を顰《ひそ》めている元同級生の端正な顔を見つめながら思う。

「なるほど、俺は昔から老《ふ》けていたってことか。それはそれで傷つくな」

九鬼の思いがけないリアクションが楽しくて、わざと傷ついた素振りをしてそう言うと、今度はそれが冗談だとすぐに気がついたらしい九鬼は安堵したように微笑んだ。

「……おい、あまり、俺をからかわないでくれ。再会早々、本気でおまえを不快にさせてしまったかと思って、焦《あせ》ったじゃないか」

「はは、悪かったな」

高校時代は、どんなに望んでも得ることのできなかった九鬼の笑顔を見つめながら、宇津木は彼に対して、良かったらこの後に一緒に食事でもどうかと言い出すタイミングを見計らっていた。

この時の宇津木の頭の中では、自分には今夜既に他の用事が入っているという事実が、綺麗サッパリと消えてなくなっていた。

(……久しぶりに再会した旧友を食事に誘うなんて、べつに当たり前のことだよな)

そうだ、変に身構えるほうがおかしいのだと自分に言い聞かせて、宇津木が思い切って九鬼に誘いの言葉を告げようとしたその時だった。

「九鬼さん、こんなところにいたんですか」

宇津木のせっかくの覚悟は、九鬼の名を呼ぶ第三者の出現で、すべて台なしになってしまったのだった。

「なんだ、堂島《どうじま》。何か急用か?」

明らかに宇津木や九鬼よりも年上とわかるスーツ姿の屈強な男は、九鬼の隣にいた宇津木に向かって礼儀正しく一礼した後に九鬼へと向き直って、「申し訳ありませんが、仕事の話なので、ちょっとここでは差し支えが……」と言葉を濁した。

「……わかった。仕事なら仕方がないな」

彼らの会話の様子から察するところ、どうやら二人は上司と部下の関係にあるらしかった。

（それも、九鬼のほうが上司らしいな）

セレブ御用達《ごようたし》の、この高級スポーツジムにいるのだから、九鬼が宇津木同様にその若さでそれなりの地位にあることは想像に難《かた》くない。

できることなら、そこら辺の事情も詳しく宇津木のほうは訊《き》きたいところだったのだが、堂島という名前らしい男に急《せ》かされるようにしてベンチから立ち上がった九鬼には、そんな余裕など欠片《かけら》もないようだった。

「久しぶりの再会だというのに、慌ただしくてすまない。宇津木は、まだトレーニングを続けるのか？」

「……いや、俺もそろそろ上がるつもりだ」

とっくに、宇津木の中ではこれ以上ジムで汗を流す気は失せている。

「そうか、それじゃあ……」

九鬼が何かを言いかけたことはわかっていたが、まるでそれをわざと邪魔するかのように堂島が、「九鬼さん、急いでください」と彼を急かしたせいで、宇津木は九鬼の台詞《せりふ》の続きを聞くことができなかった。

物腰は柔らかだし、口調も丁寧なのだが、大柄で逞《たくま》しい身体つきをしているせいか、堂島は妙に迫力のある男だった。

それに、気のせいかもしれなかったが、宇津木に対してあまりいい感情を抱いていないように感じられてならなかった。

「……悪いな、宇津木」

「いや、気にするな」

別れの挨拶もそこそこに、九鬼が堂島と一緒にフロアから出ていくのを、宇津木は些か複雑な気持ちで見送る。

（せめて、連絡先くらい教えろよな……）

そうは思ったが、どうやら九鬼も定期的にこのジムに通っているらしいので、そのうちまた顔を合わせる機会もあるだろうと、宇津木は自分自身を無理やり慰める。

そうして、これ以上はもうここにいる必要はないと思い切り、溜《た》め息《いき》をつきながらも、汗を流すべくシャワールームへと宇津木は向かったのだった。

「先刻は悪かったな、宇津木」

汗を洗い流し、サッパリとした気分でシャワールームを出ると、そこでは当然のような顔をして九鬼が待っていたので、宇津木は少し驚いた。

「九鬼、用事はもう済んだのか？」

「ああ、おかげさまで、どうにか電話での指示のみで問題を解決することができたよ」

てっきりあのまま先に帰ってしまったとばかり思っていたので、九鬼がこうして自分を待っていてくれたと知って、宇津木は嬉しかった。

「宇津木、今日はこれから何か予定はあるのか？」

本当なら、それは先ほど宇津木のほうから九鬼に言おうとしていた台詞だった。

（結局、先を越されてしまったか……）

だが、やはり悪い気はしなかった。

「そう言うからには、おまえはこの後、暇だってことだよな」

答えは訊《たず》ねる前からわかっていたが、宇津木は精悍な顔にどこか面白がるような微笑を浮かべながら、そう九鬼に向かって確認した。

「ああ、俺のほうは特に予定は入ってないよ。せっかく久しぶりに再会したんだから、夕食でも一緒にと思ったんだが、どうかな？」

少しだけ不安そうな眼差しで自分を見つめてくる端正な顔に、宇津木は自分でも意外なほど嬉々《きき》とした気持ちになった。

こんなふうに自分の顔色を窺う九鬼の姿など、高校時代にはどんなに望んでも手に入れることができなかったものだった。

「そうか。だったら、予定はキャンセルして、この後はおまえと過ごそう」

学生時代の意趣返しのつもりで、九鬼の誘いを素っ気なく断ることも考えたが、そうしたせいで、せっかく歩み寄ってくれた九鬼が自分を避けるようになったりしたらと考えると、やはり勿体《もったい》なくてできなかった。

（せっかく、九鬼のほうから俺に声をかけてくれたんだからな……）

自分でも驚きではあったが、この機会を逃すのが勿体ないと思えるほどには、宇津木は今でも九鬼に対して、ある種の特別な執着を持っているようだった。

「……え、それは予定が入ってるってことだろ？　だったら、無理はしなくても……」

宇津木の台詞から、彼にこの後の予定があると知った九鬼は、途端に慌てた様子になった。

確かに、宇津木は今夜これから人と会う約束をしていた。

相手はいちおう、今の宇津木にとっては『恋人』と呼んでもいい立場の女性だったが、彼女のことを心の底から愛しているのかと問われれば、それははっきりと「否《いな》」だった。

ファッション誌やテレビＣＭなどで幅広く活躍している彼女……桜庭鏡子《さくらばきょうこ》の職業は、

いわゆるカリスマモデルとかいうものである。

その職業に見合った、美しい容姿とプロポーションを持ってはいたが、性格は利己的で高慢、ついでに打算的と、けして褒められたものではない。

おそらく、彼女がもっとも愛しているのは、宇津木の秀麗な外見でも男らしい性格でもなく、彼の有り余る財力だろう……。

とはいえ、二人の関係は合意のうえでのギブアンドテイクだった。

パーティなどの社交の場では、公然と彼女をパートナーとして連れて歩いているが、宇津木のほうもそれに見合うだけの投資を彼女に対してしていた。

そんな彼女との逢瀬《おうせ》は、今やほとんど宇津木にとっては義務のようなもので、心躍るものでも、楽しみなものでもない。

とても、高校時代の級友との十年ぶりの邂逅《かいこう》よりも、優先しなければいけない約束とは今の宇津木には思えなかった。

「いや、俺もおまえとは一度ゆっくりと話をしたいと思ってたんだ。高校時代は、馬鹿《ばか》なプライドが邪魔して、素直におまえに声をかけることもできなかったからな。この年になってまで、そういう後悔はしたくない」

宇津木が、鏡子よりも九鬼を選ぶことを決断するまでそう時間はかからなかった。

（鏡子には、後で急に大切な社用が入ったとメールでもしておけばいいだろう）

互いに多忙な身なので、これまでも約束の土壇場になってデートをキャンセルしたことが何度もある。

鏡子は確かに我儘《わがまま》な女ではあったが、宇津木が会社の経営者としての立場を優先することに関してだけは、不思議と寛大だった。

だからこそ、お世辞にも甘い恋人関係とは言い難い二人の仲が、なんだかんだ言いながらも二年ものあいだ続いているのである。

「そう言ってもらえるのは嬉しいけど、本当に大丈夫なのか？」

九鬼の心配を打ち消すために、宇津木はことさら明るい声で彼の懸念を笑い飛ばした。

「ああ、本当にたいした用事じゃないから平気だ」

鏡子が知ったなら、まず間違いなく激怒しそうなことを、宇津木はサラリと口にする。

けれど、そのおかげで九鬼もようやく安心したのか、宇津木に対して安堵の笑顔を向けてきた。

「……そうか。だったら、今夜は二人の再会を祝して飲み明かそうじゃないか」

「ああ、俺は勿論《もちろん》そのつもりだ」

（あれ……？）

それまでは、九鬼の笑顔を好ましげに眺めていた宇津木だったが、何故だか彼に対して先ほどまでとは違う微妙な違和感のようなものを覚えて、宇津木はその理由が何かを考えた。

「わかった……眼鏡だ！」

「え？」

理由に思い当たった瞬間に、自分でも意外なほど大きな声を出してしまい宇津木自身も驚いたのだが、唐突にそんな言葉を向けられた九鬼のほうはもっと驚いたようだった。

「あ、急に大きな声を出したりしてすまなかった」

「い、いや……べつに構わないんだが……」

そう口では言いながらも、いまだに美しいアーモンド形の目を大きく瞠《みは》っていた九鬼だったが、その両の瞳《ひとみ》はフロアで顔を合わせた時にはなかった薄いレンズで覆われていた。

「やっぱり、眼鏡をかけているほうが、九鬼らしいな」

「そうか？」

確か、高校時代の九鬼は銀縁の眼鏡をかけていたはずだが、今の彼がかけている眼鏡はフレームなしの細身のものだった。

しかし、どちらにしてもよく似合っていることには変わりがなかった。

「昔から思っていたが、九鬼は眼鏡が似合うな。よりいっそうクールで知的な雰囲気になる」

本当に、高校の頃から宇津木はそう思っていた。

けれど、その密かに思っていたことを、こうして九鬼本人に向かって直接告げる日が来るとは、今の今まで夢にも思っていなかった。

「ありがとう」

綺麗な笑顔で九鬼から礼を言われて、宇津木はずいぶんと久しぶりに自分の気持ちが浮き立つように高揚するのがわかった。

「……いや」

宇津木はこれまで、望んで手に入らなかったものがほとんどなかった。

特に異性に関して言えば、勝手に向こうのほうから擦り寄ってくるので、恋愛で気持ちが高揚した気分を味わった記憶は一度としてない。

かろうじて、仕事で大きな商談をまとめた時や、大掛かりなプロジェクトを成功させた時には、充実感と同時に高揚とした気分を感じないこともなかったが、仕事以外のことが原因でこんな気持ちになるのは、宇津木にはしごく珍しいことだった。

「この近くに、うちの会社が経営しているフレンチレストランがあるんだが、おまえさえ嫌じゃなければ、そこでどうだ？」

現在、都内に四軒所持しているレストランの中で、宇津木が一番気に入っているのが、この六本木のフレンチレストラン『トロイメライ』だった。

名前の由来は勿論、ロベルト・シューマンの有名なピアノ曲からきている。

「へぇ、それは楽しみだな」

九鬼は、宇津木が「うちの会社が経営している」と口にしたことについて、何も言わなかった。

気がついていなかったのか、あるいは既に宇津木の今の立場を知っているのか……。

どちらにしても、互いの近況を詳しく話すのなら、立ち話ではなく、ゆっくりと腰を落ち着けられる場所でのほうが好ましいに決まっている。

「……そういえば、彼はどうしたんだ？」

今さらのように、九鬼の部下らしい屈強な男の姿が辺りに見えないことに気がついて、宇津木がそう訊ねると、九鬼は一瞬不思議そうな顔になったが、すぐに彼が誰を指してそう言ったのか気がついたらしく苦笑を浮かべた。

「彼……？　ああ、堂島のことか。それなら、先に帰したよ」

「構わなかったのか？」

「……ああ。せっかくの休日に、これ以上仕事のことで煩わされるのは勘弁してほしいからな」

肩を竦める九鬼の様子に、宇津木も内心で「まったくだ」と同意する。

仕事は好きだしやり甲斐《がい》も感じているが、たまの休日くらいはゆっくりと休みたいと思うのは、人間として当然の感情だった。

亡《な》くなった父親から会社の経営を引き継いで一年余りは、満足に身体を休める時間もなく、たまの休日でも仕事のことが頭から離れなくて、精神的に休まることがなかった。

こんなふうに、宇津木が仕事以外のことに時間を割けるようになったのは、つい最近になってからである。

ようやく、仕事に慣れたせいか、精神的にも余裕ができて、こうしてトレーニングジムに通うこともできるようになった。

おかげで、九鬼と再会することもできたのだと、そこまで考えたところで、宇津木ははたと我に返ったのだった。

（おいおい、いくらなんでも浮かれすぎじゃないのか……？）

それほどまでに、自分が九鬼との再会を喜んでいるのだとわかって、宇津木は複雑な気分になる。

そして、九鬼のほうもこの十年ぶりの再会のことを、自分と同じように喜んでいてくれるといいと願った。

「それじゃあ、シャワーを浴びてくるから、あと十五分ほど待っててくれるか？」

「ああ、それなら休憩室のほうで待ってるから」

結局、シャワーがまだだという九鬼が、宇津木と入れ代わるようにしてシャワールームに入ったので、宇津木は言葉どおりにロッカールームを経由してから、どこか浮かれたような足取りで休憩室へと向かったのだった。

「それじゃあ、とりあえずは再会を祝して、乾杯といこうか」

まずは食事の前に一杯と、美しいルビー色のワインで満たされた互いのグラスを、カチンと軽く音を立てて触れさせる。

「宇津木は、親父《おやじ》さんの跡を継いで、二代目社長をしているんだろ？」

自分から切り出す前に、九鬼のほうからそう訊ねてきたので、やはり知っていたのかと宇津木は納得した。

「なんだ、知っていたのか」

「高校時代から、宇津木が大企業の社長の息子だって噂《うわさ》は聞いていたからね」

ワイングラスを持つ指先さえも美しい九鬼が、そう言って穏やかに微笑むのに、宇津木は僅《わず》かに照れ臭い気持ちで「そうか……」と呟《つぶや》いた。

自分に興味を持っていないと思っていた相手だけに、たとえ噂とはいえ、自分のことを知ってくれていたことが、今の宇津木には単純に嬉しかった。

「若くして二代目を継いだことで、いろいろと気苦労も多いんじゃないか？」

「……ああ、まぁな。一人息子だったから、ゆくゆくは跡を継ぐのは仕方がないと考えてたんだが、さすがにまさかこんなに早く会社を継ぐことになるとは俺も思っていなかった。だが正直言って、最初は戸惑うことも多かったが、会社経営も慣れると結構楽しいものだよ」

宇津木が父親の会社を継ぐことは、彼が幼い頃から既に決定されていた。

元から身体が弱かった母親には、宇津木の他に子供を産むことはできなかったから、一人息子である彼にすべての愛情を注いでくれた。

それは、先代である父親にしても同様で、彼は病で死ぬ間際まで、後に残していくことになる妻子の心配をしていたのだった。

父の死後、以前にもまして床《とこ》に臥《ふ》せがちになった母親は、昨年の夏から母親の妹の嫁ぎ先でもあるスイスで静養している。

両親の不在がまったく寂しくないと言えば嘘《うそ》になるが、父親の側近たちが、若い二代目社長である宇津木のことを、親身にサポートしてくれているので、仕事に関しては今のところ順調だった。

特に、父親の代から社長の第一秘書をしている斑鳩《いかるが》薫《かおる》は優秀な男で、彼とは年が近いこともあって、公私共に宇津木は世話になっている。

毎日仕事ばかりではストレスが溜《た》まるので、気分転換にスポーツジムに通ったらどうだと、宇津木に勧めたのも斑鳩だった。

そんな周囲の手助けもあって、今では経営の仕事も楽しいと思えるようになっていた。

「ああ、それは俺もわかるな。経営が波に乗って、いろいろと新しい企画を立てていって、それが成功した時は確かに楽しい」

ワイングラスを片手に、九鬼が品良く微笑む。

その様子を見て、宇津木はやはり……という思いを強くした。

あのセレブ御用達のジムで会った時から、なんとなくそんな予感はしていたのだった。

「その口振りを聞くと、おまえも今は経営を？」

九鬼が宇津木と同じ高校に通っていたのは、三年生の時の一年だけだったが、その間、一度も宇津木は試験の成績で九鬼から首位を奪い返すことができなかった。

九鬼が転校してくるまでは、宇津木の学年首位の座を揺るがす人間は一人としていなかっただけに、九鬼が転校してきて初めての試験での結果を知った時は、宇津木は驚愕し、そしてそれ以上に自分から首位を奪った相手にひどく興味を惹《ひ》かれたのだった。

(……だけど、あの当時は俺のほうから九鬼に親しく声をかけることは、ほとんどと言っていいほどできなかったけどな……)

今となっては、つくづく馬鹿なプライドが邪魔をしたものだと思う……。

知的でクールな見かけから、宇津木は一方的に九鬼のことをお高く留まった取っつきにくい人間だと思い込んでいた。

しかし、こうして言葉を交わしてみると、九鬼は宇津木が高校時代に勝手に抱いていたイメージとは、ずいぶんとかけ離れた好青年だった。

(それとも、十年の歳月が、こいつを変えたんだろうか?)

否、十年の歳月は、九鬼だけではなく宇津木自身をも変えたのかもしれない……。

「渡すのが遅くなったが、これが今の俺の肩書だ」

そう言って、九鬼から手渡された名刺には、確かに『代表取締役』の肩書が印刷されていた。

「株式会社ナインズ・ファクトリーの代表取締役か……。この名前、どこかで……。そうだ……！　確か、最近台頭してきたIT企業の名前だったか……」

宇津木の記憶が確かなら、ナインズ・ファクトリーはここ二年ほどのあいだに、めきめきと業績を伸ばしてきたIT企業の一つだった。

会話の合間に、前菜であるタラバ蟹《がに》と蝦夷《えぞ》鮑《あわび》のサラダ仕立てがテーブルの上に運ばれてくる。

今夜のコース料理は、この後に下仁田葱《しもにたねぎ》のポタージュ、フォワグラのコンソメスープパイ包み焼き、オマール海老《えび》のグラタン、スペイン産イベリコ豚のソテーと続き、最後にデザートの苺《いちご》のシャルロットが出てくることになっていた。

六本木の駅から程近い場所にあるこの『トロイメライ』の他にも、宇津木は飲食店を都内にまだ三軒持っている。

だが、会社が同じ六本木にあることもあって、この場所を利用することが一番多かった。

店の内装なども、宇津木自身の意見を取り入れていることもあって、他の店よりも気に入っていて商談などでも、頻繁に利用していた。

九鬼も、店内に入った途端に「なかなかセンスのいい店じゃないか」と言ってくれたので、宇津木は単純かもしれないが気を良くしていた。

「おもにネット上でのオークションの主催や、マーケティングリサーチ、手軽なパソコンツールの開発や配信を手がけているんだ。先日、うちが主催したネット上での高額オークションは、海外からもずいぶんと参加者が集まって、結構話題にもなったんだよ。他にも、いくつか飲食店の経営もしている。良かったら、今度は俺がうちの店に、おまえを招待するよ」

なるほど、学生時代から優秀な男だとは思っていたが、やはり大人になってからも九鬼は優秀な経営者になったらしい。

「へぇ、いろいろと手広くやってるんだな。飲食店はともかくとして、俺がおまえの会社の名前を耳にしたのは、その時のオークションの話題だったと思うな。有名な海外の収集家が集まって、古書や美術品だけではなく、貴重な蝶《ちょう》の標本なんかも出品されて、すごい高額で取引されたんだろ？」

昨今のＩＴ企業の躍進ぶりは、経営者として宇津木にも無視できないものがあり、彼の経営する社内でもＩＴ参入の話が頻繁に出ているところだった。

そんな事情もあって、最近台頭してきたＩＴ企業の資料には、暇さえあれば宇津木も目を通すようにしている。

ナインズ・ファクトリーも、宇津木が近頃になって目を通した資料の中にあった会社だった。

「ああ、あの蝶は今ではワシントン条約で生きている物は手に入らない貴重種だったおかげで、標本とはいえ三百万円の値がついた」

「……蝶の標本に三百万か。いくら貴重種とはいえ、マニアの考えていることは、理解できないな」

呆れたように溜め息をついた宇津木に同意するように、九鬼も「じつは……」と言って頷く。

「主催した俺にも、理解できないんだ」

「そんなことだろうとは思ったよ」

しみじみと納得したような口調で宇津木が呟くと、九鬼は楽しそうな顔で笑った。

再会してからこちら、九鬼は無邪気なほどによく笑う。

高校時代には得られなかった九鬼の好意的な眼差しと笑顔に、宇津木の気分はますます高揚していった。

「じつを言えば、俺はずっと九鬼には嫌われていると思っていた」

程よくアルコールが回ったこともあって、普段の自分ならけして口にしないような、ストレートな心情が宇津木の口から零《こぼ》れた。

これには、宇津木自身も驚いたが、その言葉をぶつけられた九鬼のほうはと言えば、端正な顔に明らかに驚愕の表情を浮かべていた。

「……それを言うなら、俺のほうこそ宇津木には嫌われているもんだと思っていたよ。だから、スポーツジムで宇津木の姿を見かけた時も、最初は声をかけるべきかどうか、すごく迷ったんだ」

僅かに含羞《がんしゅう》の混じった表情でしおらしく目を伏せる九鬼に、宇津木は何故だか少しいたたまれない気持ちになる。

「そのわりには、高校時代とは別人のような爽やかで親しみやすい笑顔で、俺に話しかけてきたよな？」

思わず皮肉めいた口調になってしまったのは、そうは言われても学生時代の九鬼が自分に対して、お世辞にも友好的とはどうしても思えなかったからである。

「それはそうさ。少しでも、宇津木にいい印象を持ってほしかったから、あれでも俺なりに気を遣ったんだぞ。笑顔を浮かべながらも、内心ではドキドキだった」

しかし、宇津木の皮肉にも、九鬼はあくまでも穏やかな笑顔を絶やさずに、そう面映《おもはゆ》そうな口調で答えただけだった。

（……こんなふうに九鬼に友好的に返されると、俺だけがいつまでも過去に拘《こだわ》っているのが馬鹿みたいに思えてくるな……）

どうやら、あれから十年が過ぎたというのに、自分の中にはいまだに優秀な元級友に対する愚かなプライドが巣食っているらしかった。

とはいえ、いつまでも自分ばかりが学生時代のことを引き摺《ひず》っているのもカッコ悪い。

第一に、これほどまでに九鬼が彼のほうから自分に対して歩み寄ろうとしてくれているのだ。

ここは、子供のような意地を張らずに、素直に九鬼の好意を受け入れるべきだろう。

「……まぁ、学生の頃の俺は確かに、勝手に一方的におまえに対してライバル心みたいなものを抱いていたからな。今思えば、ずいぶんと勿体ないことをしたと思ってるよ」

「勿体ないこと？」

それなりにいい年をした大人の男だというのに、不思議そうな表情で首を傾《かし》げる九鬼の姿は、その美しい顔立ちのせいかどこか可憐《かれん》でさえあった。

「ああ、九鬼がこんなに話が合う奴だとは思ってもいなかった。おまえは話題も豊富で、それでいて聞き上手だから、一緒にいてまったく飽きない。それどころか、これまでに仲良くしていた連中の誰よりも、おまえといると楽しいよ。こんなことなら高校の時も、つまらない意地なんてはらずに、九鬼と仲良くしていれば良かった。ひどく損をした気分だ」

たとえ、会うのは十年ぶりだとはいえ、一度は強く心を惹かれた相手に好意的に接してもらって、悪い気がする人間はいない。

宇津木にとって、九鬼はひどくプライドを刺激される相手であると同時に、どうしても心惹かれずにはいられない相手でもあった。

「……おまえにそう言ってもらえると、俺も嬉しいよ。それこそ、勇気を出して声をかけた甲斐もあるってものだ」

嬉しそうに素直な笑顔を浮かべている九鬼を見ていると、宇津木の気持ちはさらに浮き立つようだった。

もしかすると、少しアルコールが過ぎたのかもしれない……。

「この年で、今さら仲良くもないかもしれないが、おまえさえ良ければ、またこうしてたまには食事や飲みに行かないか?」

三十路《みそじ》も間近に控えて、友達になってほしいとストレートに口にするのは照れ臭い。

しかし、九鬼が嬉しそうに破顔したので、恥ずかしい思いをしてでも自分のほうから口にして良かったと宇津木は思った。

「勿論、喜んで」

差し出された白い手を、少しばかり気恥ずかしい気持ちで握り返す。

なんとなく体温が低いと思っていた九鬼の手は、思いがけなく温かく、そして男の手とは思えないほどにしなやかで滑らかな感触がした。

「それじゃあ、今度は俺から誘ってもいいか？」

「……ああ、嬉しいよ」

言葉どおり、ニッコリと嬉しそうに微笑む九鬼の綺麗な顔に、自分が無意識に熱っぽい眼差しで見惚《みと》れていることに、この時の宇津木はまだ気がついていなかった。


宇津木の高校時代の思い出を語るうえで、九鬼亮司の存在は不可欠である。

三年生の一学期に宇津木の在籍していたクラスに転入してきた九鬼と過ごした時間は、実質的には一年にも満たない。

仲良くしていたグループも違っていたから、親しく言葉を交わした数も少なかったのだが、それでも宇津木にとって九鬼は、高校時代の彼の思い出の中では特別な存在だった。

九鬼が、これまでの学校の成績において、宇津木が生まれて初めて敗北を喫した相手だというのも、勿論大きな理由ではあった。

けれど、それ以上に美しく穏やかな容姿には不似合いなほどに、九鬼が時折ひどく老成した表情を浮かべることが宇津木は気になって仕方がなかった。

当時は、宇津木自身も常に年不相応に落ち着いているように振る舞うことを心掛けていたのだが、九鬼のそれは、宇津木のようにわざと意識して演じているのではなく、自然に身に備わっているように見えた。

頭が良くて見目も良く、性格も穏やかで大人びている九鬼は、当然のように女子生徒から人気があった。

男子生徒たちからも信頼されていて、気がつけばいつの間にか、当人たちの意向は無視した形で、クラスの中は宇津木派と九鬼派に二分されていた。

確かに、九鬼に対してライバル心は抱いていたが、だからといって敵愾心《てきがいしん》を抱いていたわけではない宇津木は、その辺を勘違いした取り巻き連中が、宇津木の前で九鬼の悪口を声高《こわだか》に話すことに不快感を覚えていた。

宇津木にしてみれば、自分に対して媚《こ》びへつらうことしかできない卑《いや》しい取り巻き連中よりも、よっぽど自分に対してまったく興味を示さない、けれど、いつも凛とした眼差しで前を向いている九鬼のほうにこそ好感が持てたのである。

今になって思えば、ライバル心は勿論だったが、クラスの誰よりも落ち着いていて大人びた雰囲気の九鬼に、密かに憧《あこが》れめいた気持ちを当時の宇津木は抱いていたのかもしれなかった。

そういえば、高校時代にただ一度だけではあったが、放課後の教室で九鬼と二人っきりになったことがある。

どうしてだったかは既に記憶に残っていなかったが、とりあえず、いつも大勢の取り巻きに囲まれていた宇津木には珍しくその時の彼は一人だった。

教室から見えた窓の外が土砂降りだったことは覚えているから、もしかすると迎えの車が来るのを教室で待っていたのかもしれない。

九鬼が、やはり普段は大勢の人間に囲まれている彼には珍しく一人で教室の中に入ってきた時、宇津木は教室の窓の傍《そば》でぼんやりと外を眺めていた。

人の気配に背後を振り返り、そこに頭からびしょ濡《ぬ》れの九鬼の姿を認めた時は、正直、かなり驚いた。

「大丈夫か……?」

思わずそう声をかけてしまった宇津木に、九鬼は少しだけ意外そうな表情を浮かべたが、すぐに自嘲《じちょう》するような表情で「しくじった……」と呟いた。

「傘が途中で壊れたんだ」

「……それは災難だったな」

鞄《かばん》からタオルを取り出して髪の毛を拭《ふ》いている九鬼の姿は、どこか悄然《しょうぜん》としていて普段の大人びた雰囲気が嘘のように幼く見えた。

「…………」

「…………」

こんなふうに、二人きりになったのは初めてだったから、宇津木は他に九鬼になんと声をかけていいのかわからなかった。

九鬼のほうは、もとより宇津木と会話を続けるつもりがないのか、雨で濡れて身体に張り付いた制服のワイシャツを、不快げな様子で指先で摘《つま》んでいる。

（思ってたより、細いんだな……）

当時、既に百九十センチ近い身長があった宇津木ほどではなかったが、九鬼も平均以上には上背がある。

しかし、ほとんど男として完成された身体つきの宇津木とは違って、九鬼の身体にはまだ、少年らしい線の細さが残っていた。

そのしなやかな身体に、濡れた制服が張り付いているのは、妙にエロティックな光景でもあった。

「……宇津木は、まだ帰らないのか……?」

どうやら、宇津木は無意識に、九鬼のことをジッと見ていたらしかった。

九鬼が居心地の悪そうな表情で俯《うつむ》くのを見て、ようやくその事実に気がつき、途端に宇津木は自分が今の今まで九鬼に向けていただろう眼差しが恥ずかしくなった。

「い、今、迎えの車が来るのを待っているところなんだ」

(おい、しっかりしろよ。いくら綺麗な顔をしているからって、相手は男なんだぞ?)

認めたくはなかったが、宇津木は先刻、雨に濡れた九鬼の姿態を見て、危うく欲情しそうになったのである。

「……そうか、俺もだ……」

小さな声でそう答える九鬼の姿を、これ以上視界に入れていることが危険な気がして、宇津木は慌てて自分の鞄を摑《つか》むと「じゃ、迎えが来たみたいだから……」と、まるで取ってつけたような言い訳を口にして教室を飛び出した。

自分の言葉に、九鬼がなんと返したのかは聞いていなかった。

あるいは、九鬼は何も言わなかったのかもしれない……。

どちらにしても、高校在学中に宇津木が九鬼と二人きりになることは、幸か不幸かその時以来、一度もなかったのである。

「最近、ずいぶんとご機嫌のようですね。その調子で、次のプロジェクトも快調に進行していただきたいものです」

斑鳩の必要以上に淡々とした言葉に、宇津木は読んでいた書類から視線を上げて、有能な秘書の取り澄ました顔を見つめた。

「……なんだ、俺にはおまえに皮肉を言われる覚えはないぞ？　自分で言うのもなんだが、最近の俺は真面目《まじめ》に仕事に取り組んでいると思うが？」

事実、このところの宇津木の仕事ぶりは、自分で言うのもなんだが、大変見事なものだった。

些細《ささい》なミスもなく、熱心に精力的に仕事をこなしている。

「ええ、だからこうして褒めて差し上げているんじゃないですか。最近の社長はご立派ですよ」

斑鳩は、今年で二十八歳になる宇津木よりも四歳年上の三十二歳で、先代の社長である宇津木の父親の代から第一秘書を務めている優秀な男だった。

スラリとした身体つきと、柔和で端正な顔立ちで、まだ独身だということもあって、社内の女子社員には密かに人気があるのだが、性格のほうは穏やかそうな外見に反して結構辛辣《しんらつ》である。

けれど、歯に衣着《きぬき》せぬ言葉で、社長である宇津木にもビシバシと厳しい言葉を投げかけてくる反面、いざという時には社内の誰よりも頼りになる男でもあった。

「それも皮肉か?」

「だから、皮肉ではありませんと言ってるでしょう。あなたの近頃の仕事ぶりを、私は素直に賞賛しているのですよ」

斑鳩の黒目が大きな切れ長の目が、ゆっくりと猫のように細められる。

口元に柔和な笑みを浮かべているところを見ると、確かにまんざら皮肉というわけでもないらしかった。

「……おまえが、俺を素直に賞賛するなんて、明日はもしかすると東京に大雪でも降るのか?」

「失敬な。私のことをなんだと思っているのですか」

一分《いちぶ》の隙《すき》もなく、海外の有名ブランドのオーダーメードのスーツを着こなしている斑鳩の姿は、外見だけなら秘書の鑑《かがみ》のようだった。

「どうも、いつも鞭《むち》ばかりで、飴《あめ》を与えられた記憶がとんとないせいか、つい疑心暗鬼になってしまってな」

宇津木の嫌味にも怯《ひる》むことなく、斑鳩はさも悲しげな表情で宙を仰いだ。

「なるほど、私の普段の愛の鞭に、まさか社長がそれほどまでに不満を抱いていたとはついぞ知りませんでした。今後は肝に銘じて気をつけます」

「……やめてくれ、斑鳩。おまえに下手《したて》に出られると、こうゾッと背筋に悪寒が走る」

わざと大袈裟に宇津木が身震いをすると、斑鳩は再び「失敬ですね」と口にした。

しかし、表情は先ほどから変わらずに笑顔のままである。

斑鳩のほうこそ、今日はずいぶんと機嫌がいいようだった。

「それはともかくとして、近頃の社長の上機嫌は、やはり九鬼様のおかげなのでしょうね……」

秘書の口から九鬼の名が出たことに、宇津木は一瞬だけドキリとする。

近頃では、平日の昼間でも、時間があれば九鬼とはランチを共にするような仲になっていた。

ランチの後に、そのまま取引先との商談に向かうことも少なくないので、昼食の席に宇津木は斑鳩を、そして九鬼は堂島を伴っていることも珍しくはない。

おかげで、斑鳩も九鬼と接する機会が多くなっていた。

人間を見る目が人一倍厳しい斑鳩が、九鬼のことは初対面の時から気に入ったらしく、彼に対する評価は高かった。

「……ふん、どうしてそう思う？」

「おそれながら、どう考えても鏡子様が理由とは思えませんので」

九鬼に対する評価とは逆に、斑鳩の鏡子へ対するそれはかなり低い……。

ことあるごとに、あんな無駄に金ばかりかかる女なんてさっさと別れてしまいなさいと、斑鳩は宇津木に忠告してくる。

「相変わらず、はっきりと物を言う男だな。あれでも、いちおうは俺の『恋人』だぞ」

とはいえ、身体の関係こそそれなりにあるものの、鏡子に対して宇津木は恋愛感情をまったく抱いていない。

それを知っているからこそ、斑鳩も宇津木に鏡子と早く別れろと言ってくるのだろう。

「確かに、あの方は公共の場に連れ歩くアクセサリーとしては合格ですが、未来の社長夫人には明らかに不適格ですからね」

これに関しては、宇津木も斑鳩の意見に同感だった。

鏡子との結婚など、万が一にも考えてはいなかった。

「だとしても、新たに適当な相手を見つけるのも面倒くさい」

べつに斑鳩に根負けしたわけではなかったが、宇津木もつい本音を口にしてしまった。

「ほら、社長も本音が出ましたね。愛してもいない相手と惰性でつきあうのは、いい加減におやめなさい。このままでは、無駄な出費が嵩《かさ》むだけです」

本当に、斑鳩の言うことはいちいちもっともなので、宇津木も反論するのがそろそろ面倒になってきていた。

「……わかってる。だが鏡子と別れた途端に、それとばかりに重役連中から、見合い話を押し付けられるのも面倒だ」

宇津木には、まだ当分は結婚する気はなかった。

だが、宇津木家の一人息子である彼に、少しでも早く跡取りをつくるようにと望む輩《やから》は多い。

今、宇津木が鏡子と別れたならば、チャンスとばかりに良家の息女との見合い話が次々に持ち込まれることは、火を見るよりも明らかだった。

「九鬼様が女性でしたら、話は簡単なのですがね」

やけにしみじみとした口調で斑鳩が呟いた台詞を、宇津木には悪い冗談と笑い飛ばすことができなかった。

何故なら、斑鳩に言われるまでもなく、宇津木自身が何よりもその可能性を願っていたからである。

「……じつは、それは俺もちょっとだけ考えた」

九鬼が女性なら、宇津木は今頃とっくにプロポーズをしている。

「九鬼様は、大変に美しくて聡明《そうめい》な方でいらっしゃいます」

「男だけどな……」

けれど、宇津木が認めずにはいられないほどに九鬼が優秀な同性でなければ、きっと十年の歳月を経て再会した後に、現在のような関係にはなっていなかったに違いない。

「ええ、九鬼様には社長のお子さんを産むことができない。それが、唯一の欠点ですね」

まるで、男であること自体は問題ではなく、子を生《な》すことができないところだけが九鬼の欠点だと言わんばかりの斑鳩の台詞に、宇津木は思わず苦笑してしまった。

「どちらにせよ、例の件では九鬼様に深く感謝しないといけませんね」

「……ああ。あれは確かに助かったな……」

急に口調を真剣なものに改めて斑鳩が口にした『例の件』というのは、つい先日、九鬼からある忠告をされたことを指していた。

（おそらく、九鬼の忠告がなければ、後々厄介なことになっていたに違いない）

じつは、予《かね》てより宇津木が準備していた、銀座の会員制の高級クラブ『金環食《きんかんしょく》の月』が先月無事にオープンした。

会員は、それなりのステータスを持つ政財界の人間に限っており、宇津木の父の代から懇意にしていた代議士などが中心だったが、若く優秀な財界人も幾人か名を連ねている。

クオリティの高い大人の社交場を目指した結果、美しく教養のある女性従業員と、珍しく貴重な銘柄の酒やワイン、それに過去にパリの三ツ星レストランで働いていた経歴を持つシェフがつくりだす絶品の料理と、三拍子揃《そろ》えることに成功し、オープン後の評判も上々だった。

新規に会員になりたいと望む人間も多かったのだが、宇津木が九鬼から気をつけたほうがいいと忠告されたのも、その新規会員についてのことだった。

話のきっかけは、宇津木のほうから九鬼に、そのオープンしたばかりのクラブの会員にならないかと、誘いの言葉を口にしたことからだった。

「会員制クラブ？」

宇津木の言葉に、九鬼は細いフレームの眼鏡の奥で、アーモンド形の美しい目を大きく瞠《みは》った。

「ああ、今月になって銀座にオープンしたんだが、おまえならオーナーの俺の推薦で、審査なしで会員になってもらっても構わない。どうだ？」

宇津木にしてみれば、元より九鬼が自分の申し出を断るとは考えていなかった。

九鬼と再会して、既に半年余りが経過していたが、彼らの関係は急速に親密になっていた。

今では、これまでに懇意にしていたどの友人よりも、九鬼は宇津木にとって大切な存在になっている。

だから、躊躇《ためら》いながらも、九鬼が宇津木のその申し出に首を振った時には、彼はひどく驚いたのだった。

「宇津木の申し出はとても嬉しいんだが、そんな政財界の大物ばかりが集う場所に顔を出すのには、俺はまだ分不相応だと思う。もう少し今の事業の基盤をしっかりさせて、経営者として一人前だと自信が持てたら、その時はこちらからお願いするよ」

穏やかで誠実な口調で、辞退の理由をそう宇津木に説明する九鬼の態度に、宇津木は落胆したものの彼を責めることはできなかった。

「……そうか、残念だけど、おまえがそう言うなら仕方がないな……。今回、新規会員になりたいと申請してきた客の中には、おまえと同じＩＴ企業の経営者も多いから、おまえを誘うちょうどいい機会だと思ったんだが……」

クラブのオープン当初は、地位も名誉もゆるぎない年配の上客ばかりが会員だったが、これからは将来的に有望そうな若い実業家たちにも会員になってほしいと宇津木は考えていた。

自分の経営するクラブが、若い彼らにとって、有力な政財界の重鎮との交流の場になればいいと願ってのことである。

宇津木自身も、クラブのオーナーとして店に顔を出し、力のある会員たちと積極的に交流を持つつもりでいた。

「……なるほど、俺と同じＩＴ関係の連中か……。宇津木、もしも差し支えがないようなら、どこの会社のトップが会員になることを希望しているのか教えてもらえるだろうか？　勿論、社外秘だというなら無理は言わないつもりだ」

「心配しなくても、べつに怪しい秘密クラブじゃないんだから、どこの誰が会員になっているか外に知られても差し支えはないさ」

これに関しては、紛《まが》う方《かた》ない事実だった。

だから、ちょうど現時点で申請が来ているＩＴ企業関係の人間の名前を順に三人、宇津木は九鬼へと告げたのだった。

そして、九鬼はその中の一人の名前を聞いた瞬間に顔色を変えたのだった。

「株式会社ワンズソフトの一之瀬《いちのせ》から、『金環食の月』の会員になりたいと言ってきているのか？」

「なんだ、急に血相を変えたりして……。知り合いなのか？」

宇津木の問いに、九鬼はすぐに首を横に振ったが、その端正な顔は険しいままだった。

「直接に知り合いではないが、業界では悪い噂の絶えない男だ。噂では、バックに暴力団がついていると言われている。もしかすると、暴力団のフロント企業の可能性もあるから、念入りに審査をしたほうがいい」

暴力団と聞いて、宇津木の表情も険しくなる。

建築業界などでは、裏で暴力団と癒着していることも、さして珍しい話ではないのだろうが、宇津木の会社では先代の頃から暴力団との関係はご法度《はっと》だった。

宇津木自身も、当然だが彼らのことは好きではなかった。

（……まぁ、一般人で暴力団に好意的な人間など、そうそういるものじゃないだろうがな……）

「ありがとう……。そんな噂があるとは知らなかったから、教えてもらえて良かったよ。すぐに一之瀬社長の身辺を調査させるつもりだ」

「……俺の情報が、役に立つといいんだが……」

九鬼はあくまでも控え目な様子だったが、その後にすぐに一之瀬の身辺を調査させた結果、彼が暴力団と裏で繋《つな》がっているのが事実だとわかった。

結局、宇津木は一之瀬の会員申請を、適当な理由をつけて断り、危ういところで己の経営する高級クラブに、暴力団関係者が会員として名を連ねるという不名誉を負うことから逃れることができたのだった。

「そういえば社長、九鬼様にはちゃんとお礼はおっしゃったのですか？」

不意に斑鳩から声をかけられたことで回想から引き戻された宇津木は、内心では少しばかり焦りながらも「いや……」と首を振った。

「今夜、夕食を一緒にとることになっているから、その時に改めて礼を言うつもりだ。おまえと堂島さんの席も用意してあるから、そのつもりでいてくれ」

九鬼には、既に今夜の予定は連絡してある。

よっぽどのことがない限り、滅多に宇津木の誘いを断ることのない九鬼は、彼の誘いをすぐに快諾してくれた。

ただ、宇津木はできれば九鬼と二人っきりで食事を楽しみたかったのだが、九鬼から堂島も一緒で構わないだろうかと遠慮がちに問われたので、仕方がなくこちらも斑鳩を一緒に連れていくから構わないと返事をしてしまったのだった。

ここ一週間ほどは互いに多忙だったので、週末のジム通いも休み、夕食は勿論のことランチを共にする時間もなかったので、宇津木は今夜久しぶりに（といっても、たかが一週間ぶりなのだが……）九鬼と会えることを楽しみにしていた。

だから、じつは少しばかり苦手に感じている堂島が一緒でも我慢することに決めたのである。

「なるほど、今夜ですか。どうりで、ご機嫌がよろしいわけですね」

てっきり、今夜の予定を勝手に決めてしまったことで斑鳩から嫌味の一つでも言われることを覚悟していた宇津木は、些か拍子抜けした気持ちになる。

けれど、嫌味は言われなかったものの、思わせぶりにニヤニヤされるのも、あまり気分のいいものではなかった。

「……どういう意味だ？」

つい詰問《きつもん》口調になってしまった宇津木だったが、彼よりも一枚上手の斑鳩は、ただ嘯《うそぶ》くように笑っただけだった。

「いえいえ、べつに。ところで、このところ鏡子様とは連絡を取り合ってらっしゃいますか？」

急に九鬼から鏡子に話題が移ったことに、宇津木はなんとなく嫌な予感を覚えた。

「……向こうからは、何度かメールや留守電にメッセージが吹き込まれていたが、俺のほうからはしてないな……」

鏡子とはあくまでもドライな関係ではあったが、さすがにこのところは放置しすぎだという自覚があるだけに、少しは宇津木も鏡子に対して後ろめたい気持ちがある。

そんな心情が、いつになく歯切れの悪い口調にも出ていたらしく、斑鳩はこれ見よがしに深々と呆れたように嘆息した。

「そうでしょうね。先ほど、会社に直接お怒りの電話があったばかりですから」

「……本当か?」

まったく知らなかったと宇津木が呟くと、斑鳩は「それはそうでしょうね」と頷いた。

「私の一存で、社長は社用で留守にしているとお答えして、電話を回しませんでしたから」

「……おまえのような優秀な秘書がいてくれて、俺は本当に幸せ者だよ」

嫌味ではなく、宇津木はこれでも本気でそう思っていた。

斑鳩は少々辛辣な性格はしていたが、こういう時の心配りはしっかりしている。なんだかんだ言いながらも、社長である宇津木にとってマイナスになりそうな要素があれば、社内の誰よりも率先して取り除くために動いてくれるのだ。

「そう思うのなら、グズグズしていないで早めにけりをつけたらどうですか」

先刻に続き、暗に鏡子と別れるように忠告されて、宇津木は低く唸《うな》った。

「やはり、潮時だと思うか？」

宇津木の問いには、斑鳩は大袈裟な身振りで肩を竦めてみせることで答えた。

「私の答えなど、今さら改めて聞く必要もないと思いますがね」

確かにそのとおりだったと、宇津木も納得顔で頷く。

「……すんなり別れてくれればいいんだがな」

「心配しなくても、万が一揉《も》めるようなら、優秀な弁護士を手配して差し上げますよ」

「本当に、秘書が有能だと助かるよ……」

鏡子には申し訳なかったが、今は彼女よりも確実に九鬼との約束を優先してしまう自信があった。

普通なら、この時点で自分の九鬼へ対する気持ちが、とっくに同性の友人へ対する感情を超えていることに気がついても良さそうなものである。

しかし、この時の宇津木は、まだ自分の気持ちに気がついていなかった。

自分が九鬼へ対して抱いている、恋情と呼ぶにはあまりにも暗い欲望の正体を、この時の宇津木はまだ何も知らなかったのである……。

# 第二章

「例のワンズソフトの一之瀬《いちのせ》社長の件なんだが、あの後に調査してみたら、確かにおまえの言うとおりだった。危なく、もう少しでうちの社名に傷がつくところだったよ。忠告してくれたおまえには、心の底から感謝している。ありがとう、九鬼《くき》」

こうして、九鬼と向かい合ってグラスを合わせるのも、もう今夜で何度目になることだろうか？

さすがに今では、再会した当初のように妙な緊張感を覚えることもなくなっていた。

「いや、おまえの役に立つことができて良かったよ」

ニッコリと、相変わらずの綺麗《きれい》な笑顔で微笑《ほほえ》む九鬼に、宇津木《うつぎ》も笑顔を返す。

ここ暫《しばら》くは、九鬼が経営している赤坂《あかさか》の日本料理屋の座敷を利用する機会が多かったのだが、今夜は久しぶりに六本木《ろっぽんぎ》の宇津木の店『トロイメライ』に来ていた。

ゆっくりと九鬼と二人で食事を楽しみたかったので、店で三室だけ用意されている個室を宇津木はリザーブさせていた。

斑鳩《いかるが》と堂島《どうじま》には、個室の外に別に席を用意してある。

このような形で夕食を共にすることは初めてではないので、斑鳩も堂島も慣れたものだった。

宇津木などは、屈強な体格で目つきの鋭い、秘書というよりもむしろボディガードと呼んだほうが正しいような見かけの堂島のことは少しばかり苦手に感じているのだが、斑鳩は意外に堂島のことを気に入っているらしく、彼と二人の時間が苦にはならないらしかった。

この辺も、つくづく我が秘書ながら大物だと宇津木は感心する。

「……ところで、宇津木」

暫くは、いつものように互いに今手がけている仕事の話などに花を咲かせていたのだが、不意に改まった口調で九鬼がそう切り出してきたので宇津木は不思議そうな顔になった。

「ん、どうかしたのか?」

九鬼の顔つきから、何やら深刻な話でも切り出されるのかと覚悟したのだが、友人の口から発せられたのは、べつに深刻ではないが宇津木にとっては思いがけない問いだった。

「……おまえの秘書の斑鳩さんだけど、結婚はしているのか？」

「はぁ？　斑鳩か？」

思わず訝《いぶか》しげに問い返すと、九鬼には珍しくどこか困ったような口調で「あ、ああ……」と頷《うなず》いた。

「なんでそんなことを気にするんだ？」

斑鳩が結婚をしていたら、いったいどうだというのか？

「いや、斑鳩さんは、俺の目から見てもなかなか知的でハンサムだから、さぞや女性にもてるだろうと思っただけだ」

どうにも、九鬼にしては歯切れの悪い感じなのが気になったが、とりあえずは九鬼の質問に宇津木は答えることにした。

「確かに、社内の女子社員のあいだでは絶大な人気があるらしいな。ただ、本人は独身主義者とかで、まったく結婚する気はないみたいだ」

「そうか……」

やはり、いまいち九鬼の反応が微妙なような気がして、宇津木は心配そうに目の前の端正な顔を覗《のぞ》き込《こ》む。

「九鬼？　本当に、どうしたんだ？　斑鳩のことが、そんなに気にかかるのか？」

「……いや、前に宇津木と一緒に斑鳩さんがうちの会社に来てくれたことがあったろ？　その時に、彼に一目惚《ひとめぼ》れしたらしい女子社員がいてね。どうしても、彼に特定の相手がいるのか知りたいと言ってきかなかったものだから、ついな……」

ようやく、普段の見慣れた九鬼の表情に戻ったので、宇津木はホッとした。

「なるほど、そういうことか。そういう話なら、納得できるな。でも、結婚といえば、おまえはどうなんだ？」

再会してから、もう半年が経《た》とうとしているのだが、そのあいだに九鬼の口から女性の話題が出たことはほとんどなかった。

「俺は、ここ何年か独り身だと、前にも言ったはずだろ。まずは相手もいないのに、結婚なんてできるはずがないじゃないか」

「おまえほどの男なら、相手なんていくらでも選《よ》り取《ど》り見取りだろうに、勿体《もったい》ない話だな」

これだけ優れた外見をしていて頭もいいのだから、高校の時から九鬼は女子に人気があった。

今はそれにプラスして、財力までついてくるのだから、黙っていても女が寄ってくるだろうことは想像に難《かた》くない。

「……好きでもない相手にどんなにもてたって面倒なだけだろ」

九鬼の薄い唇が苦笑の形に歪《ゆが》むのを見て、宇津木も内心で「それは確かに」と頷く。宇津木自身も、これまでに女性に不自由はしたことがなかったが、考えてみればいつでも言い寄られるばかりで、自分のほうから相手を口説いた記憶がなかった。

斑鳩に言わせれば、「あなたは恋愛を惰性でしている」ということらしい……。

「それじゃあ、好きな相手……と言うか、これから口説こうと考えている相手くらいはいないのか?」

宇津木自身、何故《なぜ》そんな質問を急に九鬼にする気になったのか理由はわからなかった。ただ、九鬼のような男がどんな相手を好きになるのか、この時の宇津木には気になってならなかったのだった。

「……そうだな、いちおう口説きたいと思っている相手はいるかな……」

九鬼の僅《わず》かに照れたように目尻《めじり》を染めて微笑む姿が、妙に艶《つや》っぽく感じられて、宇津木は慌てたように向かいに座る友人から視線を逸《そ》らした。

「おまえに口説かれて、落ちない人間はいないだろう」

心持ち早口でそう答えると、九鬼はどこか面白がるような表情になった。

「本当に、そう思うか?」

「……ああ」

「良かった。宇津木にそう言われると、自信が持てるよ」

口調こそ軽かったが、やはり九鬼から流される視線が、いつになく色っぽく感じられて、宇津木は落ち着かない気分になる。

（まいったな……。九鬼相手に、俺は何をドキドキしてるんだ……？）

そんな自分でも説明のつかない状況を誤魔化すために、気がつけばいつの間にか、普段なら飲まない量のアルコールを宇津木は口にしていたらしかった。

そうでもなければ、自分のほうから九鬼のマンションに行ってみたいなどと口走るわけがなかった。

じつを言えば、再会をしてからの半年のあいだに、九鬼が宇津木のマンションを訪れたことは三度ほどあったのだが、宇津木が九鬼のマンションに招かれたことは一度もなかった。

それどころか、九鬼がどこに住んでいるのかも、宇津木はいまだに知らなかったりする。

九鬼が経営する、ナインズ・ファクトリーのオフィスを訪れたことは何度もあるのだが、いざ住んでいる場所を訊《き》くと、いつも上手《うま》い具合にはぐらかされてしまうのだった。

もしかすると、本当の意味では九鬼がまだ自分に心を開いてくれていないのではないかと、宇津木は自分で思っていた以上に、心の奥では気にしていたようである……。

そして、そんな宇津木の気持ちが通じたのか、今夜の九鬼は思いのほか簡単に、その宇津木の我《わ》が儘《まま》とも言える要求を受け入れてくれたのだった。

(休み明けに斑鳩と顔を合わせたら、まず間違いなく小言が待っているんだろうな……)

別れ際《ぎわ》の、有能な自分の秘書の呆《あき》れ顔《がお》と、友人の屈強な秘書の険悪な表情が、酔った頭にも忘れられなくて宇津木は苦笑する。

自分でも、今夜は少し羽目を外しすぎてしまったという自覚はあった。

意識が混濁しているわけではないが、確実に普段より気分が高揚している気がする。

それに、どうにも身体《からだ》が重いようだった。

どちらかといえば、アルコールには強いほうなので、この状態は明らかに酒量がいつもよりも過ぎてしまったせいだと思われた。

「大丈夫か、宇津木?」

心配そうな顔で自分を覗き込んでいる九鬼も、さして宇津木と変わらないだけの量を飲んでいるはずだったが、彼よりもはるかにしっかりしているようだった。

「……いや、面倒をかけたようですまない」

ソファーに腰をかけたまま、コートも脱がずに片手で額を押さえていた宇津木に、九鬼は優しい眼差《まなざ》しで「気にするな」と綺麗に笑ってくれた。

「どうせ明日は休日だろう？　何も予定がないなら、今夜はうちに泊まっていけばいいさ」

グラスに、よく冷えたミネラルウオーターを入れて手渡してくれた九鬼の親切な申し出を、宇津木は素直に受けることにした。

「……ありがとう。遠慮なくお言葉に甘えさせてもらうよ」

「せっかくだから、ゆっくりとしていけばいいさ。あ、コートが皺《しわ》になったら困るから、脱いだほうがいいね」

九鬼はこれまで、宇津木が家を訪れることを渋っていたはずなのだが、見たところは機嫌がいいようだし、宇津木に対しても甲斐甲斐《かいがい》しいほどに優しくしてくれている。

「……ずいぶんと綺麗に片付いているんだな」

「ああ、寝に戻るくらいだからね。散らかす暇もないよ」

九鬼のマンションは、赤坂にあった。

住み処《すか》が都心の高級マンションで、デザイナーズマンションのように内装が整えられているという点では宇津木も九鬼と共通しているが、九鬼の部屋は宇津木のマンションよりもさらに整いすぎていて生活感の感じられない場所だった。

清潔で整頓《せいとん》されているといえば聞こえはいいかもしれないが、ここまで無機質に整っていると、あまり住み心地がいいとは言えなさそうである。

とはいえ、おそらく今自分が腰を下ろしているソファーは、カッシーナのイ・マエストリ・コレクションの一つで、他の家具もどれもが高名な海外の家具メーカーの物ばかりだった。

「家具の趣味がいいんだな。このソファーは、俺もカッシーナのカタログを見た時に、買おうかどうか悩んだものだ」

「宇津木が欲しいならあげようか？」

何故だかやけに楽しげな口調でそう言うと、九鬼は宇津木の正面に立って、色めいた眼差しで彼のことを見下ろしてきた。

どうしたのかと、訝しげな視線を向けると、九鬼は座っている宇津木に倒れかかるようにして抱きついてきた。

「えっ……」

咄嗟《とっさ》のことに驚きながらも、九鬼のけして華奢《きゃしゃ》ではないがしなやかな細身の身体を、宇

津木は両手で受け止める。

しかし、九鬼の端正な顔がアップになり、唇に柔らかな感触が、そして鼻先には九鬼がかけている眼鏡のフレームの冷たい感触が触れた瞬間、宇津木は呆然《ぼうぜん》と目を見開いたのだった。

「九鬼……おまえ……？」

伸《の》し掛《か》かるようにして、自分の唇を奪っていった相手の端正な顔を、宇津木は驚愕《きょうがく》で見開いた目で凝視した。

「……いやだったか？」

悪びれた様子もなく、ただ少しだけ不安げな表情で顔を覗き込んでくる九鬼に、宇津木はほとんど反射的に首を左右に振っていた。

「いや、と言うか……。おまえ、そっちの趣味があったのか？」

自分でも意外なほど嫌悪感《けんおかん》は湧《わ》かなかったし、これが質《たち》の悪い冗談だとも思わなかった。

ただ、何故よりにもよって、九鬼のように容姿端麗で頭も良くて金も持っているような男がこんな真似《まね》をするのかと疑問は感じた。

「あるもないも、俺は生粋《きっすい》のゲイだよ」

宇津木の屈強な膝《ひざ》の上に、いつの間にか横座りしながら、九鬼は彼がこれまでに見たことのない顔で、ニッコリと艶冶《えんや》に笑う。

「知らなかった……」

九鬼のよく手入れのされている長く美しい指が、甘えるような仕草でスーツの上から宇津木の厚い胸板に触れる。

「意識して隠していたわけじゃないが、公言することでもないだろう?」

胸元から這《は》うようにして宇津木の結んだネクタイに絡《から》んだ九鬼の白い指先が、まるで今すぐにでもこのネクタイを解《ほど》いてしまいたいのだと訴えているかのように見えて、宇津木は僅かに苦笑した。

それは、明らかに同性に性的に誘惑されていると自覚しているのに、危機感がまったく湧き上がらない自身へ対しての笑いだった。

「……再会してから、ずいぶんと俺に対して友好的だとは思ってたが、もしかすると最初から下心があったのか?」

先ほどからネクタイを弄《もてあそ》んでいる九鬼の指を止めるように、宇津木がその指の上に己の手を重ねると、間近にあった九鬼の琥珀色《こはくいろ》の瞳《ひとみ》が熱っぽく潤むのがわかった。

「ああ、あった。軽蔑《けいべつ》するか?」

やはり、どこか不安げな声でそう訊《たず》ねてくる相手に、宇津木は今度も迷いなく首を振る。

（それじゃあ、レストランで言っていた、口説きたいと思っている相手ってのは、俺のことだったのか……）

軽蔑するどころか、自分に対して発情しているらしい九鬼の姿が、宇津木には淫《みだ》らだがとても美しいと感じてならなかった。

「いや……。俺は、さほどその手のことに抵抗はない。とはいえ、自分がその対象になっているというのは、さすがに少しばかり複雑ではあるがな。念のために訊《き》いておきたいんだが、おまえは俺をどうしたいんだ？」

九鬼の顔立ちが綺麗なことは勿論《もちろん》のことだが、こうして間近で見ると宇津木と同年代の男とは思えないほどに肌も肌理《きめ》細やかで美しくて清潔だった。

身体のほうも、裸はまだ見たことがなかったが、スポーツウエアの上からも均整が取れていてしなやかな身体つきをしていることは明らかだった。

それに、コロンなのか九鬼自身の体臭なのかはわからなかったが、彼からはいつでも清涼で甘い柑橘《かんきつ》系の香りがしている。

同性とはいえ、これほどまでに美しい男が相手なら、抱く側ならわりと平気そうだと宇津木はそう思った。

（……そう、俺が抱く側なら、さして問題はない……）

ただし、万が一でも九鬼が逆の立場を主張するなら、その時はきっぱりと宇津木は彼の好意を撥《は》ね付《つ》けるつもりでいた。

「それは、俺がおまえを押し倒したいのかどうかって意味か？」

宇津木の言葉に、確認するように首を傾《かし》げた九鬼は、どこか面白がるような表情をしていた。

「まぁ、そうだな……」

軽く形のいい眉《まゆ》を顰《ひそ》めた表情で、宇津木がもったいぶった口調でそう答えると、今度は屈託のない様子で九鬼はクスクスと笑い出した。

「心配しなくても、おまえみたいなゴツイ男を俺のほうからどうこうしようとは思ってないよ。だいたい、俺はネコだしな」

ノンケの宇津木には、九鬼が口にした、いわゆる専門用語の意味がすぐには理解できなかった。

ネコと聞けば、当然思い出すのは、「ニャー」と鳴くあの愛玩《あいがん》動物の姿である……。

「ネコ？」

不思議そうな顔をしている宇津木を見て、九鬼は一瞬だけ「おや？」という表情になったが、すぐにまた笑顔に戻ると、その言葉が意図する意味を教えてくれた。

「女役オンリーってことだよ」

「そうなのか？」

勿論、宇津木は自分が女役に回ることなど一切考えていなかったが、だからといって、九鬼のような男が女役オンリーだという事実は少し意外なような気がした。

「あれ、意外そうな顔だな」

あからさまに表情にもその気持ちが出ていたらしく、何が楽しいのか九鬼がクスクスと笑いながら宇津木の顔を覗き込んでくる。

「……いや、おまえは男の俺から見ても綺麗な男だとは思うが……。その、中身は結構男らしいだろ？　だから、ベッドで男に抱かれるのを好むというのは、少しおまえのイメージじゃないような気がしてな」

宇津木の率直な感想に、九鬼は長い睫毛《まつげ》を震わせるようにして笑った。

「嬉《うれ》しいね。宇津木が俺のことを、そんなふうに評価していてくれるなんて。でもまぁ、性癖なんで、これに関してはもうどうにもならないな。俺は、おまえのようなイイ男が自分の中で果てる瞬間が、すごく好きなんだよ。どんな男も、その瞬間だけは無防備になるからな」

そう言って九鬼は眼鏡を外すと、ソファーの近くにあったローテーブルの上へと、手を伸ばしてそれを置いた。

九鬼はどうやら、宇津木の膝の上から退《ど》くつもりはないらしかった。

「なるほど……。それを聞いて安心した。確かに、おまえらしい」

宇津木の首の後ろに交差するように回された九鬼の腕に引き寄せられるようにして、今度は宇津木のほうから九鬼の唇を塞《ふさ》いだ。

うっすらと開いた唇の隙間《すきま》に誘い込まれるように舌を差し込むと、九鬼の甘い舌先が情熱的に宇津木のそれに絡んでくる。

互いの唾液《だえき》を嚥下《えんか》しながら、やはり少しも嫌悪を感じないなと、宇津木は些《いささ》か感慨深い気持ちになった。

(……まさか、自分が男もいける人種だとは夢にも思っていなかったな)

しかし、思い返せば高校の頃からほとんど言葉を交わしたこともないというのに、九鬼のことはずっと気になっていた。

心のどこかで、九鬼と誰よりも親しくなりたいと願っていたからこそ、十年ぶりに再会したときから、すぐに積極的に彼との交流を深めようとしたのかもしれなかった。

九鬼の身体を抱き締めていた両手を、スーツ越しに背中を辿《たど》りながら、宇津木は徐々に下ろしていく。

引き締まった腰から、そこだけは僅かに柔らかさが残っている双丘《そうきゅう》へと手を移動させると、宇津木の唇を熱心に吸っていた九鬼の身体が、微《かす》かに震えるのがわかった。

「……嬉しいな。もしかして、結構その気になってくれてる？」

ようやく長いキスを終えて、僅かに顔を離した九鬼が、上目遣いで甘く囁《ささや》きながら、片手でトラウザーズの上から宇津木の股間《こかん》をそろりと撫《な》でてくるのに目を細める。

既にキスの段階で自分のその部分が半勃《はんだ》ちになっていることには気がついていたが、九鬼の白い指先が何度も形を確かめるように撫でてくるので、今では下着の中で窮屈なくらいに自身が育っているのがわかった。

アルコールのせいか、どうもいつもよりも反応が早いようだった。

（それとも、これまでに見たことのない九鬼の媚態《びたい》に煽《あお》られたか？）

九鬼は、宇津木の答えを待たずに、宇津木自身に触れている指先とは別の指で、器用に彼のスーツのネクタイを外しにかかってきた。

「なぁ、最初は好奇心でも構わないから、俺の中で果てる気はないか？」

火照《ほて》った身体を宇津木に押し付けながら、九鬼は甘い呼気を吐き出すようにして、宇津木の耳元でそう淫らな誘いをかけてきた。

視線を向けると、長い睫毛を揺らした九鬼の琥珀色の潤んだ瞳が、思いがけないほどの一途《いちず》さで宇津木の漆黒の瞳を見つめ返してきた。

「いやか?」

「……ずいぶんと積極的なんだな」

宇津木は揶揄《やゆ》したつもりはなかったのだが、九鬼の綺麗な瞳の中に、僅かに傷ついたような色が浮かんだのを見た瞬間、ドキリと胸が高鳴った。

何もかもが完璧《かんぺき》で、これまでの人生の中で唯一宇津木が完敗したと認めていた相手が、こんな儚《はかな》げで縋《すが》りつくような眼差しを自分に対して向けてくるのかと思うと、溢《あふ》れる優越感でどうにかなりそうだった。

(……そうだ。あの九鬼が、俺を好きだと言ってるんだ。しかも、好きだから抱いてほしいとまで言ってきている)

高校時代の自分が、今のこの現状を知ったなら驚愕で失神しかねないなどと思いながらも、宇津木は我知らず色めいた笑みを浮かべた。

九鬼のような、非の打ち所のない美しく優秀な男が、これから宇津木のために身体を開こうとしているのだと考えると、自分でも驚くほどに興奮した。

「やっぱり、気持ち悪いか？」

宇津木の表情に何を思ったのか、九鬼は途端に項垂《うなだ》れたように目を伏せた。

長い睫毛の影が白い頬《ほお》に落ちるのを見て、宇津木は宥《なだ》めるように九鬼の形のいい鼻先に優しいキスをした。

「いや、おまえが相手なら、おそらく平気だと思う」

宇津木がそう言うと、九鬼の表情は目に見えて明るくなった。

こんな無邪気な表情もするのかと、宇津木はこれまでに知らなかった九鬼の新たな面を知って、面映いような愛《いと》しさを感じた。

「嬉しいな。おまえは、何もしなくていいから、俺に任せてくれよ」

先刻《さっき》よりも、さらに性急に宇津木のスーツを脱がそうとする九鬼の姿に苦笑する。

「おいおい、そういうわけにもいかないだろう。せっかくだから、俺にも触らせてくれよ」

スーツの隙間から胸元に手を入れて、ワイシャツの上から探り当てた胸の突起を摘《つま》むと、九鬼は敏感に身体をしならせた。

はぁと、熱い吐息をつきながら、九鬼は宇津木の肩口に甘えるように顔を埋《うず》めた。

九鬼のサラサラの色素の薄い髪の毛からも、白い首筋からも、たまらないようなイイ匂《にお》いがして、宇津木は我慢できずに無理やり後ろ髪を引くようにして九鬼の顔を上げさせると、その紅《あか》い唇に嚙《か》み付くように口づけた。

「……ん、宇津木……おまえこそ、ずいぶんと積極的じゃないか……」

「悪いな、好奇心旺盛《おうせい》なんだ」

「そんな好奇心なら、いつでも大歓迎だよ」

ゾッとするほどに色気のある眼差しで微笑まれて、宇津木は九鬼の身体を抱き締めながら、ソファーの上へと押し倒した。

背中の中ほどまで脱げかけていたスーツを自分で脱ぎ捨て、自分の身体の下にある九鬼の身体からもスーツを脱がせて、そのままワイシャツに手を掛けたが、それは何故だか九鬼の手によって止められた。

「駄目だよ……。全部脱がせると、きっと男の身体に幻滅するから……」

「大丈夫だと言ってるだろ」

確かに、九鬼以外の男の身体には興味がなかったが、九鬼の裸なら、むしろ見たいとさえ宇津木は思っていた。

けれど、九鬼は自分でトラウザーズと靴下は脱いだものの、それ以上は脱ぐことを拒んだ。

「お願いだから、今日はこのままで……」

不満そうな宇津木を宥めるように、九鬼はそのままの姿で宇津木に抱きつき、甘えるようにキスをねだってきた。

絡み付いてくるしなやかな身体を片手で抱き寄せ、背中のワイシャツの隙間から忍び込ませた手で、下着の上から九鬼の形良く締まった尻を撫でる。

そして、九鬼が抵抗する前に、素早く下着を膝まで下ろしてしまうと、宇津木は九鬼の抗議の声を無視して前を隠すワイシャツの裾《すそ》を捲《まく》り上《あ》げることに成功したのだった。

「宇津木……！」

「なんだ、やっぱり平気じゃないか」

九鬼は宇津木の仕打ちに悲鳴のような声を上げたが、宇津木の興味は既に目の前の初めて目にする九鬼の性器へと移っていた。

どうやら美しい男は、こんな部分まで美しくできているらしい。

宇津木のものとは、明らかに色も形も異なっているそれは、立派に成人の形はしているものの、全体的に色素が薄く、先端だけが熟れた果実のようなピンク色をしていた。

男にしては格段に体毛も薄いらしい九鬼は、長い手足もしごく滑らかだったが、股間のほうも清楚《せいそ》で薄い……。

どこもかしこも美しくて、これでは嫌悪など感じる隙間もなかった。

「……綺麗だ」

感極まったように呟《つぶや》きながら、宇津木が僅かに立ち上がりかけていた九鬼の性器に口づけると、驚いたように身を捩《よじ》ろうとする。

それを許さずに、想像していたよりもずっと細い腰を強い力で摑《つか》んで、宇津木は九鬼の震える中心を口の中へと飲み込んだ。

「あぁ……そ……んなぁ……」

戸惑ったような嬌声《きょうせい》をあげながら、九鬼の長い脚が左右から宇津木の頭を挟みこもうとする。

しかし、それに怯《ひる》むことなく、宇津木は自分の唇や舌を駆使して、九鬼の昂《たかぶ》りを愛撫《あいぶ》することに専念した。

指で根元を擦《こす》りながら、先端を嘗《な》め回《まわ》したり吸ったりしていると、程なく九鬼は短い悲鳴のような声を上げて、宇津木の口の中に吐精した。

（まさか、自分が男のものを咥《くわ》える日が来るとは思わなかったな）

とはいえ、さすがにいくら九鬼のものとはいえ、苦い精液を嚥下する勇気はなかった宇津木は、口の中のものを掌《てのひら》へと吐き出した。

我に返った九鬼が、すぐにティッシュを差し出してくれたので、汚れた掌を遠慮なくそれで拭《ぬぐ》う。

「……男は初めてのくせに、いきなりあんなことするなんて信じられない……」

詰《なじ》るような口調ではあったが、九鬼の上気した頬と潤んだ瞳が、先ほどの行為がまんざらではなかったことを物語っていた。

「でも、気持ち良かったんだろ?」

両膝を抱えるようにしてソファーに座っている九鬼にそう訊ねると、拗《す》ねたような表情で視線を逸らされる。

「……そうだけど。でも、ああいうことは俺がするつもりだったのに……」

「べつに、今からしてもらっても、俺はいっこうに構わないぞ?」

屈託なく笑いながら顔を覗き込むと、九鬼は一瞬、まるで泣き笑いのような表情を浮かべてから宇津木に抱きついてきた。

「……本当は、宇津木とこんなふうに触れ合うことができて、すごく嬉しい……」

宇津木が、ワイシャツの上からでもわかる、尖《とが》った乳首を親指の腹で捏《こ》ね繰《く》り回《まわ》してやると、九鬼は気持ち良さげな様子で細い頤《おとがい》を反らした。

「俺も、おまえのそんないやらしい顔を見ることができて嬉しいよ」

事実、宇津木の下半身は先ほどから、九鬼の積極的な媚態に煽られて反応している。

これだけ密着しているのだから、九鬼にだって宇津木の状態はとっくにばれているはずだった。

今度は自分の屹立《きつりつ》を、九鬼にどうにかしてほしいと願った気持ちが伝わったのか、宇津木の昂っている下肢に九鬼の白い指がもどかしげに這わされる。

「……ん、な……おまえも……」

性急な仕草で九鬼の指が宇津木の下着の中へと入ってきたかと思うと、宇津木自身の熱さと大きさを確かめて舌なめずりをする。

「……ね、今度は、宇津木の番だよ……」

そう言って、宇津木の両脚の間にしゃがみ込むと、九鬼は白く美しい指先で握り込んでいた宇津木の性器の先端に、愛しげに唇を寄せたのだった。

九鬼の上品な口元が、宇津木の先走りでてらてらと光っているのは、ひどく淫猥《いんわい》な光景だった。

慣れた舌先が、宇津木の硬く逞《たくま》しい屹立の上を這い回り、熱く濡《ぬ》れた口腔《こうこう》が、宇津木の精液を搾り上げようと蠕動《ぜんどう》する。

普段は知的で美しい九鬼の顔が、欲望に熟れたように染まる様は、ゾッとするほどにいやらしかった。

「……食われそうだな」

宇津木が快感を堪《こら》えるように眉を寄せて呟くと、宇津木自身を咥えていた九鬼が、一度媚《こび》を含んだ上目遣いで彼を見つめてから、唇を窄《すぼ》めて激しく頭を上下させてきた。

「くっ……」

それなりに女性経験をこなしてきた宇津木だったが、これまでに抱いたどの女よりも、九鬼の口淫《こういん》は巧みだった。

促されるままに、九鬼の口の中に一度目の放出を終えた宇津木だったが、九鬼がそれを当然のように嚥下したことには驚いた。

「おい、九鬼……無理をするな」

お世辞にも美味《おい》しいものではないだろうにと、心配そうに宇津木が声をかけると、九鬼はニッコリと嬉しそうに微笑んだ。

「他の男のものなら勘弁だけど、宇津木のなら平気」

「……おい、あまり、煽るようなことを言うなよ」

おかげで、射精をしたばかりだというのに、宇津木の逞しい中心は萎《な》える気配がなかった。

「まだまだ平気そうだな」

宇津木の屹立に、九鬼はうっとりとした眼差しを向けながら、長い指先で触れてくる。

「なぁ、次はどうやって達《い》きたい？」

小首を傾げながら自分の顔を覗き込んできた九鬼の身体を、宇津木は欲情した雄の顔で再びソファーの上へと押し倒した。

「……このまま……最後までしたいと言ったらどうする？」

経験はないが、最終的に男同士のセックスでどこを使うかくらいは、宇津木も知識として知っていた。

「宇津木が嫌じゃなければ、俺はべつに構わないけど」

チラリと視線を下ろすと、捲り上がったワイシャツの裾から覗いている九鬼の性器も勃《ぼっ》起《き》していた。

勃起していても淡いピンク色の九鬼の性器に、自分のどす黒く血管の浮いた性器を擦り付けながら、宇津木は熱っぽい口調で「嫌なわけがないだろう」と九鬼の形のいい耳元で囁いた。

「……ただ、男同士のことはよく知らないが、こういう場合、抱かれる側はそれなりに身体に負担がかかるものなんだろ？　おまえ、大丈夫なのか？」

擦り付けるだけでは飽き足らなくなって、宇津木は自分の掌で二人分の性器を包み込むと、ゆっくりと上下に扱《しご》き始《はじ》めた。

気持ちがいいのか、九鬼が細い腰を浮かせるようにして、宇津木の手に自分から昂りを押し付けてくる。

「んっ、意外に優しいんだな、宇津木は……」

「失敬だな。俺は、そんなに身勝手な男に見えるか?」

互いに腰を揺らしているうちに、息が荒くなってくる。

このまま一緒に放出しても良かったが、やはりできることなら、宇津木は九鬼の身体の奥の熱さを、その身をもって知りたかった。

「……んんっ、そういう意味じゃないよ……。でも……おまえに優しくされるのは、悪い気がしないな……」

胸を反らすようにして仰《の》け反《ぞ》った九鬼の白い喉元《のどもと》に、宇津木は痕《あと》がつかない程度に、軽く歯を立てる。

「そりゃあ、優しくするさ。俺は、おまえと一緒に気持ち良くなりたいんであって、けして傷つけたいわけじゃないんだからな」

宇津木の言葉に、九鬼は綺麗な目尻を染めて「嬉しい……」と呟いた。

「……そこまで言ってくれるんなら……おまえの指で慣らしてくれよ」

「慣らす……？」

宇津木が困ったように呟くと、彼の身体の下にいた九鬼が、自ら片手で己の片膝を抱え上げて大きく開くと、宇津木の手を取ってその晒《さら》した部分へと導いた。

「ああ、ここを……こうして、おまえの指で掻《か》き混《ま》ぜてほしい……」

熱く濡れた窄《すぼ》まりに、九鬼の指ごと宇津木の指が導かれる。

さすがに二本いっぺんに身体の奥に迎え入れるのはきついのか、九鬼は苦しそうに白い喉を反らして「んっ」と甘くくるおしく啼《な》いた。

「……九鬼、おまえ……」

さすがに九鬼のここまでの痴態は予想していなかっただけに驚いたが、自分で思っていた以上に節操のない宇津木の下半身は、萎えるどころかますます元気になった。

「気持ち悪い？　それとも、淫乱《いんらん》な俺を軽蔑するか……？」

「まさか、最高にゾクゾクするよ」

自分の指を嬉しそうに咥え込んでいる九鬼の恥ずかしい場所を、ねっとりとした眼差しで視姦《しかん》しながら、宇津木は無意識に舌なめずりをした。

一刻も早く、この狭く淫らに濡れた器官に、自分の一物を突っ込みたくて仕方がなかった。

「……あん……もっ、挿《い》れて……！　早く……宇津木……が、ほし……」

宇津木の指で長々と最奥《さいおう》を弄《いじ》られているうちに、とうとう我慢ができなくなったらしく、九鬼は奔放に細い腰を揺らしながら、宇津木の腰に縋《すが》りついてきた。

「俺の『これ』が、そんなに欲しいか？」

「……ん、欲しい……。ずっと、高校の……頃から……好きで……。いつか、宇津木……に、こうして……ぐちゃぐちゃにして……ほし……って、ずっと……思……てた……」

淫らな台詞《せりふ》を口走りながら、発情した身体を震わせている九鬼の姿は、それでもどこか清廉で気高く美しかった。

「この綺麗で淫乱な身体が、俺だけのモノだって言いたいのか？」

「……ああ、宇津木になら……どんなことをされても……構わない……」

九鬼ほどの男に、これだけ一途に望まれては、煽られないほうがおかしかった。

「……わかった、おまえの望みどおり、挿れてやる」

九鬼の長い両脚を肩の上に担《かつ》ぎ上《あ》げると、宇津木はすっかりと育ちきった自身の性器を、柔らかく綻《ほころ》んだ九鬼の秘所へと押し当てた。

いくら指で慣らしたとはいえ、こんな狭い場所に勃起した自分の物が本当に入るのかと不安だったが、その懸念はすぐに杞憂《きゆう》に終わった。

思い切って下腹に力を込めて、慎ましやかで小さな入り口に先の部分を挿入すると、あとは思いのほか容易《たやす》く、いやらしく蠕動する九鬼の内部へと飲み込まれていく。

九鬼の最奥は、入り口はきついのに中は柔らかくて絶妙な締め付けで、宇津木に最高の快楽を与えてくれた。

「んんっ……ああ……嬉しい……宇津木が……俺の中にいる……」

宇津木の広い背中に爪《つめ》を立てながら、歓喜に涙を流しながら腰を奔放に振っている九鬼は、美しいのにひどく淫らな娼婦《しょうふ》のようだった。

「……きつくないか?」

快楽で震えている九鬼の前に指を絡めながら宇津木がそう訊ねると、自らも奔放に細い腰を揺らしていた九鬼は、感極まったような声で「ああ……」と高く啼いた。

「いい……、んっ……宇津木の……大きくて……熱くて……すごっ……いい……」

奔放に腰を揺らす九鬼に負けじと、宇津木も激しく腰を動かした。

「……やばい、癖になりそうだ……」

これまでに宇津木が抱いた誰よりも、九鬼の身体は気持ち良かった。

この激しい快楽の前では、性別など些細《ささい》な問題だとさえ思えてくる。

「良かった……。宇津木が……俺で……気持ち良くなってくれると……すごく嬉しい……」

快楽に喘《あえ》ぎながらも、九鬼が普段の彼からは想像もできない健気《けなげ》さでそんなことを言うから、宇津木は愛しさのあまりに、思わず胸が締め付けられそうになった。

「……九鬼は、それほどまでに俺のことが好きか？」

宇津木の問いに、九鬼はとろりと潤んだ瞳で宇津木の顔を見つめながらも、はっきりと頷いた。

「好き……。俺は……宇津木が……好きだよ」

すすり泣くような声で九鬼に訴えられて、宇津木は言葉で答える代わりに、激しく九鬼の最奥を突き上げながら、その甘い吐息の漏れる唇を優しく塞いだのだった。

「……俺、じつは背中に大きな火傷《やけど》の痕があるんだ……。だから、あまり他人に身体を見られるのは好きじゃない……。それが、好きな相手ならなおのこと見られたくない……」

「そうだったのか……」

抱きあっている最中、頑《かたく》なに九鬼がワイシャツを脱ぐことを拒否していた理由がわかり、宇津木は複雑な表情になった。

「でも、高校の頃はなかったよな?」

あの頃は、体育の授業の時など、九鬼も他の男子生徒に交じって、更衣室で普通に着替えをしていたという記憶がある。

「……ああ、俺が火傷を負ったのは、高校卒業後にアメリカに留学していた時のことだからな。宇津木が知らないのも無理ないよ」

「そうか……」

そんな会話を交わしているあいだも、九鬼は甲斐甲斐しくタオルで宇津木の身体の汚れを拭い、行為の後始末をしてくれていた。

「俺は、悪いが先にシャワーを使わせてもらう。喉が渇いただろうから、冷蔵庫の中の物を勝手に飲んでいてくれ」

先刻までの淫らさがまるで幻か何かだったように、行為が終わると九鬼は元の知的で落ち着いたいつもの彼に戻っていた。

どこか急《せ》いた様子で九鬼がバスルームに消えるのをぼんやりと見送っていた宇津木だったが、自分が直《じか》に九鬼の中で射精してしまったことを思い出して、途端に自己嫌悪に陥った。

(俺は最低だな……)

九鬼が慌てていたのも道理で、おそらくは宇津木が彼の中で出してしまったものを自分で処理するために、早くバスルームへと籠《こ》もりたかったのだろうと思い至ったからだった。

いくら向こうから誘われた行為だとはいえ、挿入の時にゴムを使用するくらいの気遣いをするべきだったと、宇津木は今になって後悔したが既に後の祭りだった。

付け加えるならば、もう少し場所も選ぶべきだったと思う……。

九鬼は気にするなと笑っていたが、よりにもよって高価なカッシーナのソファーに恥ずかしい染《し》みをつくってしまった。

（いくら相手が同性でも、最低限のマナーは守るべきだったな）

宇津木は気持ちいいばかりだったが、はたして九鬼のほうはどうだったのだろうかと、今さらながら心配になる。

確かに、男を受け入れることに九鬼は慣れていたようだったが、やはり身体にある程度の負担がかかるだろうことは、宇津木にも想像ができた。

過去を顧みてみると、これまでに抱いた相手の体調を気遣ったことなど、宇津木は一度としてなかった。

冷静に考えるまでもなく、身勝手な男だと罵《ののし》られても仕方がないような態度を、宇津木はこれまでのベッドの相手に対して取っていたことになる。

（九鬼にも、身勝手な男だと思われただろうか……？）

宇津木は、九鬼に好きだと言われて、すっかりとその気になってしまっていた。

自分からは、まだ九鬼にはっきりと好きだと気持ちを伝えていなかったが、おそらくは宇津木も高校時代から彼のことがそういう意味で好きだったに違いない。

九鬼が同性だったせいで、つい先ほどまで自覚していなかったのだが、彼らはとっくに両思いだったのである。

（どうりで、高校の頃に仲良くしていたわけでもない九鬼のことが、ずっと忘れられなかったわけだ……）

宇津木は、ほとほと自分の鈍さに呆れてしまった。

これが、学生時代から周囲に『帝王』と呼ばれていた男の所業かと思うと、我ながら情けなくて仕方がなかった。

あまりにも事後の反省点の多さに、宇津木がソファーで項垂れていると、バスルームから出てきた九鬼が、その宇津木の姿に困惑した表情で近づいてきた。

ワイシャツに代わって、黒のバスローブ姿になった九鬼は、やはり困惑した顔をしていても気品があって美しい。

「どうしたんだ、ぼんやりして……。もしかして、俺と寝たことを後悔しているのか？」

思いがけないほどに不安そうな口振りでそんな心配をしている九鬼に、宇津木は慌てて「まさか」とその懸念を否定した。

「まさか、そんなことはない。俺だって、おまえに興味があったからこそ、おまえのことを抱いたんだからな。合意のうえなのに、後悔なんてするわけないだろう」

それどころか、これまでに抱いた誰よりも最高だったと、これはまだ口に出して告げる勇気がなかったので、密《ひそ》かに心の中だけで宇津木が呟く。

「良かった……。さすがに、寝た後に後悔されたら、俺も辛《つら》いからな」

安堵《あんど》したように微笑んでいる九鬼の手を引き、宇津木は自分の隣に腰掛けるようにと促す。

それには従順に従った九鬼の白い顔を覗き込み、宇津木は気遣う眼差しで「……おまえ、身体は大丈夫なのか？」と訊ねた。

宇津木の言葉に、九鬼は一瞬だけ虚を衝かれた表情になったが、すぐに嬉しそうに破顔した。

「平気だよ。おまえが、俺が想像していたよりも優しかったからな」

「からかうなよ……」

とても自分が九鬼に対して優しかったとは思えなくて、宇津木は顔を顰《しか》めた。

そんな宇津木の複雑な気持ちに気がついているのか、九鬼は宇津木が自分の膝の上で握り締めていた手の上に、そっと優しく白い手を重ねた。

外見が整いすぎているせいか、九鬼にはどちらかというと体温が低いようなイメージがあるが、こうして触れてみると、むしろ外見から受けるイメージとは逆なことがわかる。

「……それよりも、俺の身体はどうだった？　男相手も、そう悪いもんじゃなかっただろ？」

九鬼が、宇津木に気を遣わせないために、わざと軽い口調を装《よそお》っているのだろうことはすぐにわかった。

（綺麗で賢いだけじゃなくて、優しくてよく気がつく……。九鬼は、本当にイイ男だ）

「ああ、最高だったよ。おまえ、エロすぎだ。癖になったら、どうしてくれるんだ？」

九鬼の口調を真似て、宇津木もあえて冗談めかしてそう言ったのに、返ってきたのは思いがけないほどに真摯《しんし》な眼差しだった。

「どうもこうも、宇津木が望むなら、俺はいつでも相手になるよ」

「……九鬼、おまえ……」

宇津木が咄嗟に返す言葉を探していると、九鬼は僅かに苦く笑いながらも、ふと遠い眼差しになりながら呟いた。

「ずっと好きだったって言っただろ？　だから、おまえが俺を抱いてくれるなら、それが遊びだって俺は嬉しいよ」

九鬼の口から出た『遊び』という単語に、宇津木は勝手ではあったが不快感を覚えた。

「馬鹿だな……。遊びで構わないなんて、そんな寂しいことを言うなよ！」

思わず口調を荒らげた宇津木に、九鬼の琥珀色の瞳が大きく見開く。

「宇津木……？」

不思議そうな声音で名前を呼ばれたが、それには構わずに宇津木は九鬼の腕を引いて、そのしなやかで快楽に忠実な身体を抱き締めた。

シャワーを浴びたばかりの九鬼からは、いつもの柑橘系のコロンの香りではなく、清々《すがすが》しい石鹸《せっけん》の匂いがした。

「いいよ、ちゃんとつきあおう。勿論、恋人としてな」

宇津木のこの申し出には、九鬼は喜びよりも驚きのほうが勝《まさ》ったらしかった。

「……な、本気か？」

信じられないと言わんばかりに首を振った九鬼の瞳が潤んでいることに気づき、宇津木はやはり愛しさに胸が締め付けられそうになった。

（まさか、九鬼のことを健気で可愛《かわい》いと思う日が来るとはな……）

「どうした？　おまえでも、そんな顔をすることがあるんだな？」

静脈が透けるほどに薄い瞼《まぶた》の上に口づけながら、宇津木は自分でも驚くほどに甘ったるい声で、九鬼に向かってそう囁く。

「そんな……顔……？」

「自分ではわからないのか？　今のおまえ、すぐにでも泣きだしそうな顔をしてる。まいったな、可愛いじゃないか……。もしかして、これも計算なのか？」

だとしたら大成功だと、宇津木は笑いながら、いまだに呆然としている九鬼の美しい顔にキスの雨を降らせる。

「計算なんて、まさか……！　ただ、こんなにあっさりと、おまえが俺のことを受け入れてくれると思ってなかったから、驚いているだけだ……」

「俺は、おまえが想像してるよりも、よっぽどおまえのことを好きだと思うぞ？」

ようやく宇津木が口にすることができた『好き』という告白の言葉を、九鬼はしかし、

「……信じられない」の一言で片付けてしまった。

（おいおい、いくらなんでもそりゃあないだろ）

照れ臭くはあったが、このまま自分の気持ちを否定されるのは辛いので、宇津木は懸命

に言葉を続けた。

「俺は、伊達《だて》や酔狂なんかで、男が抱けるほど物好きじゃないつもりだ。言っておくが、これでも女に不自由したことはないんだぜ？　その俺が、これまでに抱いてきた女よりも、おまえのほうがイイって言ってるんだ。何が不満だ？」

こんな場合でも、素直になることができない自分が腹立たしい。

たった一言、「俺もおまえを好きだ」と言えば済むことだというのに、宇津木の持って生まれた傲慢《ごうまん》な性格が、それを許さないらしかった。

けれど、こんな宇津木の傲慢な告白にも、九鬼は嬉しそうに笑顔を返してくれた。

「不満だって……？　そんなの、あるわけないじゃないか」

「……だったら、何も問題はないだろ」

そして、言葉が無理なら態度で示そうと、宇津木は九鬼の唇を、できうるだけの優しさで塞いだのだった。

# 第三章

宇津木《うつぎ》が、九鬼《くき》と初めて寝てから、既に一ヵ月が過ぎようとしていた。

彼にとって、九鬼はもう、なくてはならない存在になっていた。

自分でも意外なことに、身体《からだ》の相性も良かったらしく、あれからまた二度、九鬼のことを抱いたが、その二度とも宇津木はこれまでの女性相手では得られなかったほどに満足した。

最初に言っていたとおり、背中の火傷痕《やけどあと》を気にした九鬼は、上半身の肌をほとんど露《あらわ》にしようとはしなかったが、スラリとした下肢だけを剥《む》き出《だ》しにして宇津木の下で喘《あえ》いでいる姿は、それはそれで妙にエロティックとも言える。

何よりも、あの普段のストイックそうな外見からは想像し難《がた》いほどに、ベッドの中での九鬼は奔放で淫《みだ》らで美しかった。

男はギャップに弱いとはよく言ったもので、九鬼の知的で端正な顔が、宇津木の逞《たくま》しいものでで奥を貫かれるたびに快感で歪《ゆが》む光景は、正直かなり視覚的にもくるものがある。

それに、宇津木は九鬼の事後の献身的なまでの甲斐甲斐《かいがい》しさも気に入っていた。

「一緒にお風呂《ふろ》に入れないのは残念だけど」と笑いながら、優しく愛情のこもった仕草で宇津木の身体を拭《ふ》き、後始末をしてくれる。

しかも、料理の腕も相当なもので、美食家で舌の肥えた宇津木が唸《うな》るほどに、九鬼の手料理は美味《おい》しかった。

初めて泊まった日の翌朝に、いつの間に用意したものか、宇津木のサイズにピッタリの新品のワイシャツを出された時も驚いた。

次に九鬼のマンションに泊まった時には、下着や靴下だけではなく、宇津木のサイズに合わせたバスローブまで用意されていた。

まさに、文字どおり至れり尽くせりである……。

秘書の斑鳩《いかるが》の台詞《せりふ》ではないが、九鬼が女だったら今すぐにでも宇津木は彼にプロポーズをしていたことだろう。

(本当に、あいつが女だったら、今のこの面倒な状況からすぐにでも抜け出せるんだろうけど……)

思わず溜《た》め息《いき》をついてしまったのがばれたのか、宇津木の向かいの席に座っていた相手が、剣呑《けんのん》な眼差《まなざ》しで「つまらなそうね」と尖《とが》った声をかけてきた。

「今夜のパーティ、先方のお偉いさんが私のファンだって言うから、仕方なくつきあってあげたっていうのに、いくらパーティが終わったからってその態度はないんじゃないの」

「おまえだって、そのおかげで新しいＣＭの仕事が決まりそうなんだからお互い様だろ」

宇津木の素っ気ない言葉に、美しいカクテルドレス姿の桜庭鏡子《さくらばきょうこ》は、細く整えられた眉《まゆ》を不愉快そうに顰《ひそ》めた。

百七十センチを超える長身と、スレンダーな体型を誇る鏡子は、有名女性ファッション誌の専属モデルをしている。

最近では、テレビのＣＭなどにも多数出演していて、それなりにファッションに興味のある若い女性のあいだではカリスマモデルなどとも呼ばれているらしかった。

小さな卵形の顔の中に、やや大きめで派手な作りの目や鼻のパーツが並んでいるが、彼女の美しさの理由の大半は、そのメイクの上手《うま》さによるものだということを宇津木は知っている。

化粧上手な女性の大半はそうなのかもしれなかったが、鏡子も素顔は今と別人だった。

とはいえ、つきあい始めた当初に、初めてメイクを落とした彼女の顔を見て、宇津木が「女は化粧で化けるとはよく言ったものだな」となんの気なしに口にしてからは、一度も鏡子は宇津木の前で素顔を晒《さら》したことはなかったが……。

　当時はまだ二十代の前半だった鏡子は、素顔にもそれなりの自信を持っていたらしく、それゆえに宇津木の言葉に、彼女の無駄に高いプライドが傷つけられたらしかった。

　それでいて、何故《なぜ》今まで彼らが別れずにいたかと言えば、それまで鏡子は自分にチヤホヤする男としかつきあっていなかったために、自分に素っ気ない宇津木のことが逆に新鮮だったことと、何よりも宇津木の莫大《ばくだい》な財力が他を補って余りある魅力だったからである。

　宇津木にしても、それなりに知名度があって見栄《みば》えのする鏡子は、政財界のパーティに連れ歩くには恰好《かっこう》の人材だった。

（だけど、所詮《しょせん》それだけの関係でしかない……）

　鏡子に限らずに、宇津木がこれまでにつきあってきた女性は、皆向こうから近づいてきた相手ばかりだった。

　宇津木の優れた容姿と、大企業の社長の息子というバックグラウンドは、彼女たちの目にはかなり魅力的に映るらしい。

　おかげで、望まなくても大概のものが手に入る恵まれた環境が、これまでの宇津木の恋愛観をひどく冷めたものにしていた。

（……でも、今は……）

九鬼を手に入れてからの宇津木は、自分でもどこかおかしいのではないかと思えるほどに、九鬼のことばかり考えている。

会いたくて、会ったらすぐにでも触れたいと思うし、他人と同じベッドでは眠れないはずの宇津木が、九鬼とは朝まで一緒にいたいとまで思ってしまう。

たとえば、鏡子がどんなに露出度の高い扇情的なドレスを着ていてもなんとも感じないのに、一分《いちぶ》の隙《すき》もなくスーツを着ている九鬼を見ていると、そのスーツを無理やりにでも脱がしたくなるのだった。

これまで一度も、自分に同性愛者としての素質があるとは疑ったことのない宇津木だったが、高校時代から九鬼に対してだけは妙に執着を抱いていたことを思うと、まんざらその気がないわけでもないのかもしれなかった……。

何はともあれ、九鬼との約束もあることだし、宇津木はなるべく早く鏡子と縁を切ってしまいたかった。

九鬼は何も言わないが、宇津木が鏡子とまだきっぱり切れていないことには、勘のいい彼のことだから絶対に気がついているに決まっている。

それがわかっていて、宇津木が今日まで鏡子と決定的に別れられずにいたのは、どうしても今夜招かれたパーティに鏡子を連れて行かなければいけない理由があったためだった。

先ほど鏡子が言っていたとおり、パーティを主催した取引先でもある有名化粧品会社の社長の愛娘《まなむすめ》が、鏡子の大ファンで彼女に会いたがっているということだったので、宇津木は今日まで彼女に別れを切り出すことを我慢していたのである。

しかし、そのパーティも一時間ほど前になんとかつつがなくやり過ごすことができた。

客観的に見れば最低の男だと自分でも思わなくもなかったが、今の宇津木にとっての鏡子の利用価値は、今夜で切れてしまったのである。

鏡子には悪いが、宇津木の気持ちはすっかりと九鬼へと移ってしまっていた。

否《いな》、最初から鏡子にほんの少しでも気持ちがあったのかさえ危うかった……。

（なんでもいいから、早く九鬼を安心させてやりたい）

そのためには、なんとしても今夜中に宇津木は鏡子と話をつけてしまいたかった。

「……鏡子、じつはきみに折り入って話があるんだが……」

食事の途中で手を止めて、宇津木が改まった口調でそう言うと、鏡子のほうもニッコリと胡散臭《うさんくさ》いほどの鮮やかな笑顔で応じてくる。

「あら奇遇ね。じつは、私もあなたに話したいことがあったのよ」

鏡子の台詞に、宇津木は軽く眉を寄せた。

自分もそうかもしれなかったが、鏡子のほうからこんなふうに改まった話し方をするのは珍しい。

いったい鏡子の話がなんなのかと気にならなくもなかったが、とりあえずは自分の話を優先させてもらおうと宇津木は口を開いた。

「……そうか。きみの話が何かはわからないが、俺が先に話しても構わないか?」

いちおう、疑問の形は取っているものの、宇津木に話の順番を譲る気がないことは明白だったので、鏡子は肩を竦《すく》めながらも「どうぞ」と言った。

「じつは……」

しかし、ようやく肝心の話を切り出せると思ったのも束《つか》の間《ま》、宇津木はこちらへ向かって歩いてくる九鬼の姿を認めて思わず口を閉ざした。

(なんで、ここに九鬼が?)

宇津木が九鬼と会う時は、大概どちらかが経営する店を利用するようにしている。

気兼ねなく個室を使えるし、何かと便利がいいからだった。

だが、鏡子との逢瀬《おうせ》では、滅多に自分の店は利用しない。

宇津木と鏡子の関係はマスコミにも公然のもので、鏡子に関して言えば高級レストランで宇津木のような男と食事をしているだけでも、カリスマモデルとしてのステータスになるらしく、世間で話題になっている高級レストランで食事をすることを好んでいた。

今夜ディナーのために選んだこの店も、パリに本店のある三ツ星レストランの日本で唯一の支店であり、多くの著名人が顔を出すことでも有名な店である。

ただ、店は銀座《ぎんざ》とはいえ、かなり中心街からは離れた場所にあるので、公共の交通機関を利用した場合は辿《たど》り着《つ》くまで不便なことだけがネックだった。

宇津木も、今夜はパーティ会場だった新橋《しんばし》にある某有名老舗《しにせ》ホテルから、タクシーに乗ってこの店にやってきている。

そんな事情もあって、九鬼とは一度もこの店に来たことがないし、彼らのあいだでこのレストランが話題に上ったことさえもない……。

だから、いつものように背後に妙に威圧感のある堂島《どうじま》を引き連れた九鬼が、さして驚いた顔もせずに宇津木の元へ向かってくるのを見た時は、我が目を疑ったのだった。

「どうしたのよ、義国《よしくに》？」

「あ、いや……」

急に黙り込んだ宇津木に、自分の背後から近づいてきた九鬼の姿が見えていない鏡子が訝《いぶか》しげな表情になる。

しかし、さすがにテーブルの横に人が立ったことには気がついたらしく、訝しげな表情のままで顔を上げて、そこに九鬼の知的で端正な顔を認めると、鏡子は途端にほんのりと頬《ほお》を染めた。

どうやら男性モデルなど、美しい男は見慣れているはずの彼女の目から見ても、九鬼はかなりのレベルの容姿を持っているようだった。

「やぁ、偶然だね、宇津木」

ニッコリと微笑《ほほえ》む九鬼の顔は、今日も見惚《みと》れるほどに穏やかで美しかったが、彼の態度がいつもどおりであればあるほど、宇津木はいたって後ろめたさを感じてしまう。

いくらなんでも、じつはこれから鏡子に別れ話を切り出すつもりだったとこの場で言い訳をするわけにもいかずに、宇津木はわずかに苦い笑みを口元に浮かべながら九鬼の眼鏡の奥の瞳《ひとみ》を見つめた。

妙な話ではあるが、視線を逸《そ》らしたら負けのような気がしたからである。

それに、九鬼を愛している気持ちに偽りはないので、そのことを疑われるのがこの時の宇津木には何よりも嫌だった。

「……ああ、驚いたよ。まさか、こんなところで会うとは思ってなかったから……。おまえは、もしかして仕事か？」

店で商談でもあったのかと問うと、九鬼は素直に頷《うなず》いた。

「そう、この店はうちの会社の打ち合わせでたまに使っているんだ。宇津木は……デートみたいだから、あまりお邪魔しちゃ悪いし、これで失礼するね」

九鬼が宇津木の元に来てから鏡子に視線を向けたのは、たった一度、この『デート』と言った瞬間だけだった。

あとは、まるで鏡子の存在など目に入っていないかのような様子で、宇津木にのみ話しかけて九鬼はその場から去っていった。

表情からは窺《うかが》えなかったが、やはり腹を立てているのかと思うと気になる。

「九鬼……」

思わず九鬼の後を追うように腰を浮かせかけた宇津木の様子に不思議そうな顔をしながらも、鏡子は妙に弾んだ声で「イイ男だったわね」と呟《つぶや》いた。

「義国、もしかしてあなたのお友達？　仕事関係の知り合いって雰囲気じゃなかったけど」

宇津木が九鬼に自分を紹介しなかったことも、自分に対して挨拶《あいさつ》一つしなかった九鬼のことも、普段の鏡子ならまず間違いなく気分を害していたことだろう……。

しかし、今の彼女はそれらの事柄が気にならないほどに、九鬼の優れた容姿に気を取られているようだった。

「……鏡子、悪い。すぐに戻るから」

「え、どうしたのよ？　ちょっ、義国……！」

結局、宇津木は九鬼をそのまま行かせることができずに、席から立ち上がって彼の後を追う道を選んだ。

背後から、鏡子の驚愕《きょうがく》したような声が追ってきたが、宇津木は振り返らなかった。

宇津木が慌てて先に店を出た九鬼を追っていくと、九鬼は店の外で商談の相手らしい男たちが車に乗り込むのを、秘書の堂島と並んで見送っているところだった。

車に乗り込んだ相手の姿は助手席に座った男をチラリと見ることしかできなかったが、身なりはいいが隙のない目つきをした中年の男だった。

年齢的には車の中の男のほうがずいぶんと上だとは思うが、どこか堂島と似た雰囲気のある男だった。

いくらなんでも、商談相手と一緒の九鬼の前に飛び出すわけにもいかず、宇津木は少し離れた位置で車が走り去るのを待った。

頭を下げて車を見送った九鬼と堂島が、ほとんど同時に顔を上げる。

先に宇津木に気がついたのは堂島で、どちらかと言えば普段は無表情な彼には珍しく、

明らかに動揺したような表情を浮かべた。

そんな強面《こわもて》の秘書のいつにない様子に気がついた九鬼が、堂島の視線を追うようにして宇津木へと目を向ける。

そして、こちらもまた宇津木の姿を認めた瞬間に驚愕の表情を浮かべたのだった。

「宇津木……？　驚いたな、まさか追ってくるとは思わなかった。堂島、先に車に戻っていてくれ」

「しかし……」

九鬼の指示に、堂島は案ずるような眼差しを彼へ向けた。

しかし、九鬼は穏やかではあるが断固とした口調で、「俺のことなら、心配いらない」と堂島に告げると、あとは無言で顎《あご》をしゃくった。

「わかりました……。それでは、私は車でお待ちしております」

渋々といった様子でそう答えると、堂島は九鬼と、いちおうは宇津木に向かっても一度頭を下げてからレストランの駐車場へと歩き去っていったのだった。

基本的に、宇津木に対しては慇懃《いんぎん》無礼《ぶれい》な態度を崩さない堂島だったが、今夜はいつにも増して宇津木へ向ける視線が冷ややかだったような気がする……。

どうも、初対面の時から何故だか堂島には嫌われているような気がしてならない宇津木だったが、今はとりあえず堂島のことはどうでも良かった。

「……すまん。言い訳、してもいいか……？」

宇津木が口を開いたのは、二人で人目を避けるようにして、レストランの裏手へと場所を変えてからだった。

彼なりに、九鬼には誠実な気持ちで、今夜どうして鏡子と二人で会っていたのか説明するつもりでいたのだが、思いがけないほどにあっさりとした口調で「言い訳なんて、いらない」と九鬼に言われたので顔を顰《しか》めた。

「やっぱり、鏡子と会っていたことを怒ってるのか？」

九鬼が気分を害したとしても、確かにそれは仕方がないことだと宇津木も思う。

宇津木が九鬼と恋人同士になろうと告げてから、すでに一ヵ月が経《た》っている。

しかも、九鬼とちゃんとつきあうつもりでいるので、今までつきあっていた彼女とは別れるつもりでいることも、宇津木はその後に九鬼へと告げていたのだった……。

それが、一ヵ月も経つというのに、宇津木はいまだに鏡子と別れられずにいる。

これでは、九鬼から優柔不断な嘘《うそ》つきだと責められたとしても、宇津木には弁解する言葉もなかった。

しかし、宇津木は九鬼から詰《なじ》られることを覚悟していたというのに、九鬼から返ってきた答えは、宇津木の予想をはるかに超えたものだった。

「怒るなんて、まさか……！　どちらかと言えば逆だよ。こうして、彼女を置いて、宇津木が俺を追いかけてきてくれただけでも、俺は充分に嬉《うれ》しいよ」

こんな時でさえ健気《けなげ》さを忘れない九鬼に、宇津木は胸を鷲掴《わしづか》みにされたような心地になった。

「……彼女とは、本当に別れるつもりだ。今夜は、どうしても彼女を同伴して行かなければいけないパーティがあって、こうして二人で会っていた。だが、彼女と二人で会うのは、絶対に今夜で最後にするつもりだ。信じてくれ」

考えてみれば、誰かに対してこんなに必死な気分で言い訳を口にしたのは、宇津木にとっては初めての経験だった。

それだけ、宇津木も九鬼に対して真剣だということだった。

「……なぁ、宇津木。俺は、おまえが相手をしてくれるなら、べつに遊びでも構わないと言ったはずだ。だから、今夜のことをそんなに気に病む必要はない」

九鬼は微笑んでいたが、その澄んだ瞳はやはりどこか悲しげで、宇津木は思わずここが屋外であることも忘れて、九鬼の身体を自分の腕の中に抱き寄せていた。

「もしかして、手に入ってしまえば、もう俺にはさほど興味がなくなったか？」

「まさか……！　最初に好きだと言ったのは、俺のほうなのに、そんなわけないだろう」

「だったら、嫉妬《しっと》くらいしてくれてもいいんじゃないか？」

宇津木のいつになく甘い声音に、腕の中の九鬼は身体を震わせるようにして顔を上げた。

眼鏡の薄いレンズ越しに、九鬼の色素の薄い瞳が大きく見開いているのが見える。

「……嫉妬したほうが良かったのか？　てっきり、嫉妬なんてしたら、うざいと言われると思ってた」

第一に、男に嫉妬されても気色が悪いだけだろうと、自嘲《じちょう》するような口調で続ける九鬼の薄い唇に、宇津木はソッと触れるだけのキスを落とした。

こういう時にいつも思うことではあるが、九鬼の知的で怜悧《れいり》なほどに整っている美貌《びぼう》に、細いシルエットの眼鏡は似合っていたが、キスをする時に邪魔になるのだけがネックだった。

「そんなことないさ。俺はおまえが嫉妬してくれるなら嬉しいよ」

「……そうか。だったら、早く彼女と別れて、俺だけのものになってくれよ」

宇津木の言葉に安堵《あんど》したのか、九鬼は華が綻《ほころ》ぶように微笑むと、今度は彼のほうから先刻《さっき》よりも深いキスをねだってきた。

「ああ、わかった。そんなには待たせないから、少しのあいだだけ我慢してくれ」

「……ん、待ってる」

九鬼と再会するまでは、自分がこんなふうに我を忘れるようにして屋外で誰かの身体を抱き締める日が来るとは、宇津木は夢にも思っていなかった。

まだ仕事の途中だからと言って、名残惜しげな様子で自分から離れていこうとする相手を、これほど引き止めたいと思ったのも、やはり初めてのことである……。

宇津木が最後に九鬼を抱いたのは先週の土曜日で、まだ五日ほどしか経っていなかったが、間近で九鬼の体温や匂《にお》いを感じると宇津木は欲情した。

「今週末は仕事が忙しくて、会えないんだったよな?」

互いに、経営に携わる者として、多忙な日々を送っている。

特にここ暫《しばら》く九鬼は忙しいらしく、以前のように平日にスポーツジムに通う余裕はなくなっていた。

休日さえも、ほとんど隔週に一日あるかないかの状態で、その貴重な休日をすべて、九鬼は宇津木のために割いてくれていた。

宇津木とて、九鬼にはあまり無理をさせたくはない。

しかし、そんな相手を気遣う気持ちも、いざ本人を目の前にしてしまえば、理性よりも厄介な恋情のほうが勝《まさ》ってしまう。

「……ああ、すまない。そのかわり、来週末は金曜日の夜から空けているから、宇津木さえ良ければ俺のマンションに泊まりに来ないか？」

金曜日の夜からということは、少なくても日曜日までは九鬼と一緒に過ごせるということだった。

「いいのか？」

「ああ、久しぶりに、ゆっくり二人で過ごそう」

宇津木が嬉しそうな表情を隠さなかったせいか、九鬼は少しだけ面映《おもはゆ》そうな表情になった。

「……それじゃ、そろそろ行くよ」

「引き止めて悪かったな。その……また後で連絡するから」

宇津木の言葉に、九鬼は小さく頷き、そして途中で何度か振り返りながらも、おそらくは今頃、堂島が苛々《いらいら》しながら待っているだろうレストランの駐車場へと消えていったのだった。

九鬼の姿が視界から消えるまで見送ってから、宇津木もようやく、こちらもまた苛々して待っているだろう鏡子の元へと戻った。

胸の中に、先刻以上にはっきりとした決意を秘めて鏡子が待っている席に戻ると、彼女は案の定、かなり苛ついた様子で宇津木のことを出迎えてくれた。

「ずいぶんと遅かったわね。いったい、いつまで私を待たせる気なのよ?」

いっそ、このまま帰ってやろうかと思ったわよと吐き捨てる彼女に、宇津木もとりあえずは待たせていた事実を詫《わ》びた。

「……ああ、悪かったな」

「まぁ、それはもういいわ。そんなことよりも先刻の話の続きなんだけど、私たちもそろそろつきあって二年になるじゃない。だから……」

珍しく焦《あせ》ったような早口で鏡子が言葉を続けようとするのに、宇津木は有無を言わさぬ口調で彼女の言葉を途中で遮った。

「そうだな、俺もそろそろ潮時だと思っていたところだ」

「え……?」

鏡子の念入りなアイメイクで彩《いろど》られた瞳が、宇津木の言葉に大きく見開く。

「悪いが、俺と別れてくれ。他に本気で惚《ほ》れた相手ができたから、きみとはこれ以上つきあえない」

呆然《ぼうぜん》としている鏡子の様子から見て、彼女にとって宇津木との別れ話は、想定外以外の何ものでもないらしかった。

「な、何をいきなり言ってるのよ！　私はそんなこと認めないわよ！」

我に返った鏡子が、人目も憚《はばか》らずに抗議の言葉を叫び始めたが、宇津木が自分の言葉を覆《くつがえ》すことは、勿論《もちろん》、絶対になかった。


「社長、出張中の細谷《ほそや》副社長から外線が入ってます」

その日、宇津木の手元には一枚の調査書類があった。

今回、宇津木が調査を依頼したのは、このところ自分が経営している高級会員制クラブの、会員希望者の審査の時に身辺調査をするために契約をしている興信所だった。

所長が元刑事ということもあって、その仕事ぶりに関しては優秀で信頼ができる。

そこを見込んで、宇津木は会社を通してではなく、個人的にとある調査をその興信所に依頼していた。

この依頼のことは、秘書である斑鳩も知らない。

（さて、どうしたものかな……）

調査の結果は、宇津木が予想していた以上に芳《かんば》しくないものだった。

その手元の調査書に意識を取られていたせいで、先刻から何度も斑鳩が自分の名前を呼んでいることに宇津木は気づいていなかった。

「社長！　もしかして何か気にかかることでもおありですか？　私でよろしければ、いくらでも相談に乗りますから、今はとりあえず副社長からのお電話に出てください！」

斑鳩には珍しい大きな声に、宇津木もようやく我に返る。

「……ああ、すまない。すぐに出るから、電話を回してくれ」

慌てて言い繕ったところで、宇津木が呆《ほう》けていたことは今さら誤魔化しようもなく、咎《とが》めるような斑鳩の視線に晒《さら》されながら、宇津木は副社長である叔父の細谷宗吾《そうご》からの電話を取ったのだった。

「お待たせしました、義国です」

『ああ、義国か？　忙しいところ悪いんだが、ちょっと至急に相談したいことがあってな』

（はっ、至急の相談だって？　どうせまた、出張期限をもう少し延ばしてほしいとでも言うつもりなんだろうが……）

案の定、細谷の口から聞かされた『至急の相談』は、福岡《ふくおか》への出張がもう何日か延びそうだから、追加の出張旅費を口座に振り込んでくれというものだった。

『いやいや、先方がぜひとも案内したい場所があると言ってくださってな。大事な商談相手の厚意をそうそう無下にはできんだろう』

電話の向こうの叔父の横柄《おうへい》な声を聞きながら、宇津木は軽く秀麗な眉を寄せた。

先代社長である宇津木の父親には妹が一人いて、細谷は彼女の夫だった。

若い頃は外資系の有名商社に勤務しており、叔母と見合い結婚をした後に、義兄である宇津木の父親の会社に重役待遇で招かれた。

細谷が営業事業部の専務から副社長になったのは、今から七年前……。

途端に何かと会社の経営方針に口を出すようになって、先代とぶつかることが多くなった。

社長と副社長の不仲を危ぶむ声も、社内では実《まこと》しやかに流れていたらしい。

だが、先代が亡《な》くなってからは、表向きは献身的に年若い新社長に尽くしてくれていた。

(……そう、表向きは……)

最近では、視察や出張と称しては、社を離れることが多くなり、胡散臭い連中との交友関係の噂《うわさ》も宇津木の耳に入っている。

特に、宇津木が自分から企画して力を入れた高級会員制クラブ『金環食《きんかんしょく》の月』のオープンが決定したあたりから、細谷の態度は目に見えて宇津木に対して反抗的になっていた。

じつは、この政財界の人間の社交場としての高級会員制クラブの企画は、先代が健在だった時にも一度持ち上がっており、その時は先代の承認が得られずに立ち消えになったものだった。

そして当時、社内でこの企画を立ち上げたのが、まだ専務だった頃の細谷だった。

宇津木がクラブの経営を決めた時、細谷は社内の誰よりも積極的にこの案に賛成してくれていたのだが、プロジェクトの指揮を社長である宇津木自らが執ると知ってからは、その態度は豹変《ひょうへん》した。

てっきり、勝手に自分に指揮を任せてもらえると思っていたらしい……。

(……目的は、政財界の大物たちとの独自のコネクション、というところか)

もとより細谷は長年、温和な外面《そとづら》で傲慢《ごうまん》で野心家の顔を先代にも隠してきたような男である。

宇津木が会社を継いでおよそ二年半、そろそろ細谷も若き社長の良きサポート役の顔にも飽きてきたのかもしれなかった。

「また、副社長の我《わ》が儘《まま》をお受けしたんですか?」

宇津木が細谷との電話を切った途端、斑鳩が柳眉《りゅうび》をきりきり吊《つ》り上《あ》げながら近づいてくる。

「……ああ、まぁな。副社長の出張旅費の追加申請書を、悪いが経理に回しておいてくれ」

「私が言うのもおこがましいでしょうが、最近の副社長の態度には目に余るものがあります」

このまま野放しにしておけば、いつか必ず厄介なことになると、聡明《そうめい》な秘書が言葉に出さずに真摯《しんし》な眼差しで訴えてくるのに、宇津木は「わかっているさ」と苦く笑った。

（勿論、俺もこのままにしておく気はない）

社内に巣食う膿《うみ》は、早急に出してしまうべきだ。

しかし、徹底的に駆除をするには、それなりの覚悟と手段が必要になる……。

デスクの上の調査書を、なんとはなしに指先で叩《たた》きながら、宇津木は険しい眼差しで窓の外へと視線を流した。

いつの間に降り出したのか、外はひどい土砂降りだった。

「このまま、明日の朝まで降り続けるらしいですよ」

社長室の一角にある自分のデスクに戻った斑鳩が、憂鬱《ゆううつ》そうな口調でそういうのに、宇津木は言葉少なく「そうか」と返した。

宇津木は、意外に昔から雨の日が嫌いではない。

それは、高校時代のとある『記憶』と直結しているせいもあるのだが……と、宇津木はふと今夜会う約束をしている相手の顔を脳裏に思い描きながら考えた。

(はたして、九鬼はあの日のことを覚えているのだろうか?)

このところ、仕事が多忙なうえに、何かと厄介な悩み事を抱えていることもあって、タフな宇津木には珍しく、少しだけ精神的に消耗していた。

だからかもしれないが、宇津木は一刻も早く九鬼に会いたかった。

九鬼とは、あの鏡子とレストランで別れ話をした夜以来、一度も顔を合わせる機会がなく今日まで来てしまっていた。

いちおう、鏡子と別れたことは電話で告げてあるが、やはりできれば九鬼の顔を見てゆっくりと話したかった。

(俺は近頃、九鬼のことばかり考えているな……)

鏡子からは、思いがけず想像していた以上の抵抗を受けたが、手切れ金として五千万円を渡すことで、なんとか別れ話に合意させた。

何よりも人目を気にする女だとばかり思っていたからこそ、あえて二人きりの時にではなく、他に人目のあるレストランで別れ話を切り出したというのに、鏡子が人目も憚らずに騒ぎ始めたのには、宇津木も少しばかり意外な気持ちになった。

私がいるのに浮気なんて許さないと、まるで普通の恋する女のようなことを口にしていたのも、宇津木には意外だった。

冷たいほどの冷静な口調で、浮気じゃなく本気だと告げると、鏡子はこの二年間で宇津木が初めて見る、傷ついたような心許《こころもと》ない表情をした。

（気が強くて高慢で、去っていく男に縋《すが》るような真似《まね》だけは絶対にしない女だと思っていたんだがな……）

当てが外れたと、宇津木はあの夜の鏡子との修羅場《しゅらば》を思い出して深く嘆息した。

どうやら、割り切ったドライな関係だと思っていたのは、宇津木のほうだけだったらしい。

思いおこせば、これまでにつきあった相手とも、毎回似たようなシチュエーションで宇津木は別れていた。

相手から言い寄られて、とりあえずはつきあってみるものの、別れ話を切り出すのはいつも宇津木のほうからだった。

遊びでも構わないと言って近づいてきたくせに、宇津木に別れ話を切り出されると、どの女もみっともなく修羅場を演じた。

考えてみれば、宇津木はこれまでにつきあってきた相手とキレイに別れた記憶が一度もない……。

真っ当な常識と恋愛観を持っている人間から見れば、宇津木は間違いなく女の敵だろう。

複雑な女心をまったく理解していないくせに、無駄にもてるのだから質《たち》が悪かった。

しかし、そんな恋愛向きとはお世辞にも言えない宇津木だったが、九鬼に対してだけは違った。

会いたくて、触れたくて……。

それは、これまでのどの恋人にも一度も感じたことのない、切実でどこか甘ったるいような、それでいてひどく幸福な感情だった。

「それにしても、今夜はすごい雨だな」

九鬼が、マンションの窓の外を眺めながら呟くのに、宇津木はスーツの上着を脱ぐ手を一瞬だけ止めて「ああ」と答えた。

「明日の朝まで降り続けるらしい」

宇津木の言葉に、九鬼は少しだけ形のいい頭を傾けるようにして微笑む。

「……そういえば、高校の頃に、いったん外に出たのに土砂降りの雨にあって慌てて教室に戻ったら、宇津木が一人だけ教室に残っていたことがあったな。覚えているか？」

まさか、九鬼の口からあの時の話題が出るとは思っていなかった宇津木は、嬉しさを隠しきれずに勢いよく頷く。

「ああ、勿論覚えているさ。俺が一人で教室の中でぼんやりしていたら、頭からずぶ濡《ぬ》れになったおまえがいきなり教室に入ってきたからな。あれは、正直驚いた」

「へぇ、まさか宇津木が覚えているとは思わなかったよ」

それはこっちの台詞だとばかりに、宇津木は九鬼の滑らかな頬へと伸ばした片手を添わせた。

「……高校時代に、俺がおまえと二人っきりになったのは、あれが最初で最後だったからな。そりゃあ、覚えているさ」

「宇津木……」

九鬼の自分の名前を呼ぶ声が優しくて、宇津木は思わず目を細めた。

「言ったろ？　高校時代から、俺はおまえのことを『特別』な意味で意識してたってな。ただ、まさかその『特別』の意味が恋愛絡《がら》みだとは、最近まで俺も気づかなかったが……」

我ながら、鈍いにもほどがあると宇津木は苦笑する。

九鬼もそんな宇津木につられたように微笑しながら、宇津木の大きな掌《てのひら》に自ら白い頬を摺《す》り寄《よ》せるようにした。

「だったら、あの時に俺がおまえのことを誘おうとしていたことにも気づいてないだろ？」

「誘う？　俺のことをか？」

宇津木が驚いたのも尤《もっと》もで、こんな関係になった今でも、高校時代の九鬼が自分に特別な思いを寄せていたとは俄《にわか》には信じ難かった。

それほどまでに、あの当時の九鬼は宇津木に素っ気なかったのである。

(否、素っ気ないというよりも、むしろまったく無関心だとばかり思っていたからな……)

「濡れた身体に張り付く、白いワイシャツ……。なかなかエロティックだとは思わなかったか？　それとも、あの頃の俺じゃあまだまだ色気が足りなかったかな」

楽しげな笑い声をたてながら、九鬼が勢いよく抱きついてくるのを、宇津木は微動だにせずに受け止める。

九鬼も宇津木ほどではなかったが、百八十センチ近い長身である。

いくら細身とはいえ、それなりのウェイトはあるのだが、宇津木にとっては九鬼の重みは心地のいいものだった。

「……いや、あの頃の初心《うぶ》な俺には充分にエロかった。正直に告白すると、あの時の濡れたおまえの姿を見て俺は欲情したよ。だから、不自然に慌てておまえを残して教室を飛び出したんだ」

至近距離で、九鬼の綺麗《きれい》な顔に驚きの表情が浮かぶのを見て、宇津木は「嘘じゃない」と念を押すように付け加えた。

「驚いた」

「ああ、そんな顔をしているな」

宇津木の思いがけない告白に、微《かす》かに白磁の頬を染めている九鬼を可愛《かわい》く思う。

今夜の九鬼は眼鏡ではなく、コンタクトをしていた。

九鬼なりに気を遣っているのか、二人の関係がセクシャルなものに変わってからは、宇津木と二人きりで過ごす時は眼鏡ではなくコンタクトにしてくれている。

眼鏡をかけている九鬼のこともけして嫌いではないのだが、こんな時はやはりコンタクトのほうが眼鏡よりも便利だった。

(だって、すぐにキスができるからな)

チュッと、最初は可愛いような音を立ててのキスだったが、九鬼の慣れた唇と舌に誘われて、気がつけば噛《か》み付《つ》くような激しい行為へと変わっていた。

口紅やリップクリームの感触がどうしても好きになれない宇津木は、女性相手の時はあまりキスをしたことがない……。

だから、唇や舌で相手の口腔《こうこう》を探る行為が、これほどまでに淫《みだ》らで感じるものだとは、九鬼に教えられるまで宇津木は知らなかった。

けれど、同性を煽《あお》ることに長《た》けている九鬼の行為の裏に、彼のこれまでの男性経験の豊富さが透けているようで、宇津木は複雑だった。

いったいどれほどの人間が、九鬼のこの美しい身体を抱いてきたのだろう？

こんなふうに、恋人の過去の相手を思って、嫉妬で胸が焼けるような経験は、宇津木にとって九鬼が初めてだった。

長いキスが終わると、宇津木は抱き寄せた九鬼の肩口へと顔を埋《うず》めた。

相変わらず、九鬼からは甘くて清潔な匂いがする。

「どうした、何かあったのか？」

幼い子供のように頭を九鬼の肩に擦りつけると、優しい手があやすように宇津木の頭を撫《な》でてくれた。

「……甘えさせてくれ。そんな気分なんだ」

「宇津木が、そんなことを言うなんて珍しいな……。本当に、俺で何か相談に乗れるようなことがあったら、いつでも言ってくれよ」

そういえば、誰かに頭を撫でられるなど、いったいどれほどぶりだろうか？

おそらく二十年くらい前に、母親にされたのが最後のような気がする……。

「ありがとう……。だけど、こうして甘えさせてくれるだけで充分だ」

高校時代の自分なら、九鬼の前で弱味を見せることなど、もってのほかだと考えただろうが、今の宇津木にはそう思えなかった。

さすがに女性相手に、こんな真似は死んでもする気はなかったが、九鬼が相手なら少しくらいの弱味を見せるのも構わないと思えるほどには、現在の宇津木は九鬼に心を許していた。

「宇津木が望むなら、俺はどんなことだってするよ」

色めいた声に気がつき顔を上げると、そこには濡れた琥珀色《こはくいろ》の瞳があった。

九鬼が欲情しているとわかって、宇津木は思わず喉《のど》を鳴らした。

「……だったら、抱いても、いいか？」

背中を抱いていた腕を、背骨に添うようにして徐々に下ろしていき、今ではすっかりと掌に馴染《なじ》んだ九鬼の形のいい双丘《そうきゅう》をやや性急な仕草で揉《も》むと、九鬼は積極的に宇津木の下肢に自分の下腹を押し付けてきた。

「馬鹿《ばか》だな、いちいち確認しなくても、おまえの好きにしていいのに」

九鬼の柔らかい唇が、宇津木の硬い顎《あご》の下へと触れる。

ちょうど目の前にあった秀《ひい》でた額に、今度は宇津木から口づけると、九鬼はくすぐったそうに身を捩《よじ》った。

「好きにしてもいいと言うくせに、俺に今夜もすべてを見せてはくれないんだろ？」

最初に身体を重ねた日からずっと、いまだに九鬼は宇津木の前では絶対に全裸にはならない。

思い返せば、確かにスポーツジムで会った時もいつも、九鬼はきっちりとスポーツウエアを身につけていた。

それに、彼らが通っているジムのシャワーブースは完全個室で、外からは覗くことのできないタイプのものだから、シャワールームで九鬼の裸を見る機会もなかった。

「……ごめん、嫌われたくないんだ」

「今さら、おまえの何を見て俺がおまえを嫌うっていうんだ」

自分の九鬼へ対する愛情が、もしも火傷の痕を見たくらいでなくなってしまう程度のものだと思われているのだとしたら、宇津木にはひどく心外だった。

「そう言ってくれるのは、すごく嬉しい……。でも、もう少し待ってほしい。俺が、おまえにすべてを曝《さら》け出《だ》す勇気を持てるまで、もう少しだけ……」

九鬼に悲痛な表情で伏せた長い睫毛《まつげ》を震わせられてしまえば、宇津木には今夜も恋人のすべてを見たいという望みを諦《あきら》める以外の道はなくなってしまった。

「……わかった。無理強いはしないさ。でも、背中は我慢するけど、胸くらいは構わないだろう？」

「胸……？　こんなまっ平らな胸を見て、ノンケのおまえが楽しいとも思えないんだが……」

自分が着ている黒のスタンドカラーのシャツの胸元を見下ろしながら、九鬼はそんなことを不思議そうに呟いたが、宇津木はかなり九鬼の胸にも興味があった。

「そうでもないさ。ここを……」

そう言って、布地の上から指先で探るようにして、九鬼の小さくて慎ましやかな突起を摘《つま》む。

「んっ……」

「指だけじゃなくて、唇や舌で可愛がってやりたいと思うしな」

そのまま、やはり衣服の上から唇を寄せて、感度良く立ち上がった乳首を食《は》むと、九鬼は身悶《みもだ》えしながらも、「あ、待って……ベッドに行こう……」と宇津木を寝室に誘ったのだった。


「ずっと、おまえとこうすることばかり考えてた」

自分でも思いがけないほどの性急さで、宇津木は九鬼の身体をベッドへ押し倒した。

「えっ……、宇津木……？」

驚いたように綺麗な琥珀色の目を見開き、自分の顔を凝視する九鬼には構わずに、ほとんど引き裂くような勢いで、スタンドカラーの黒いシャツの前を開く。

「背中は見ない。それは約束する……」

宇津木の強引さに動揺している九鬼に、口早にそれだけはしっかりと約束してから、眼前に露になった白い胸元に宇津木は噛み付くように吸い付いた。

なだらかな胸の線を舌で舐め下《お》ろし、そのまま紅《あか》く色づく小さな突起へとむしゃぶりつく。

吸い上げ、歯で甘噛みしながら、自分の口の中で、徐々に形を変え、まるで芯《しん》を持ったようにそこが固く立ち上がる感触を宇津木は楽しんだ。

味などあるはずもないのに、何故だか九鬼の身体の一部だと思えば、こんな場所まで甘く感じる。

「……やっ……そ……んな……いきなり……」

強引に与えられる快楽に驚きながらも掠《かす》れた声で、九鬼が困惑しながらも身じろぐのを、今夜は自分の好きにさせてほしいとばかりに全体重を乗せて、己の身体の下にそのしなやかで美しい存在を拘束する。

左右の胸の突起を代わる代わる口に含みながら、自由な両手でやや性急に綺麗な恋人の下肢を露にすれば、戦慄《わなな》きながらも快楽の兆《きざ》しで中心は既にほとんど立ち上がりかけていた。

長い指先で早速握りこんだ花芯を、やや乱暴に上下に扱《しご》くと、そう時間をかけずにクチュリと濡れた感触を手の中に伝えてくるから、宇津木は瞳を眇《すが》めて淫蕩《いんとう》に笑う。

「もしかして、少し乱暴なほうが感じるのか……?」

わざと煽るように呟きながらも、手早く己のまとっていた衣服をすべて脱ぎ捨てて全裸になる。

約束どおり、上半身は胸元を広げただけでシャツは着たままの恋人の白い身体の上に、自分の身体を重ねて互いの両脚を絡めると、密着した下肢から濡れた音が立つまで宇津木は揺さぶった。

「あ……ん……っ……んんっ……」

「すごいな……もう、後ろまで滴《したた》ってる……」

固くしなやかな九鬼の身体の中で、そこだけは女性と変わらずに柔らかなまろみを帯びている双丘を大きな両手で揉みしだきながら、宇津木はそのあいだを左右に割り開くようにして、両の人差し指でその密《ひそ》かなる最奥《さいおう》を探った。

花芯から溢《あふ》れた蜜《みつ》で、九鬼のそこは既にいやらしくも濡れた状態だった。

蜜を入り口に塗りこめるように指先で暫く弄《いじ》り回《まわ》してから、頃合いを見計らって徐々に指先を中へと潜り込ませる。

「あ……んんっ……」

鮮魚のように腰を跳ねらせる九鬼の見事に紅く色づいた乳首を再び唇で吸いながら、絡めた両脚で無意識に逃げようとする眼下の身体を拘束する。

「今夜は、俺の好きにさせてくれるんだろ？」

宇津木の欲情した低い声での囁《ささや》きに、九鬼は健気に頷く。

「いい……よ……宇津木の……好きにして……」

「……ああ、好きにするさ。九鬼、自分で両脚を開いてくれないか……？」

「いいだろ?」と、甘えを装《よそお》った口調で宇津木が淫猥《いんわい》に囁きながらねだれば、九鬼は従順にスラリとした両脚を彼の前で左右に開いて誘ってみせる。

「綺麗だよ、九鬼……」

九鬼の両脚の間に身体を入れると、宇津木は屈《かが》み込《こ》むようにして濡れて立ち上がった九鬼の花芯の側面を舌で辿った。

同時に、二本に増やした指で最奥を抉《えぐ》るように何度も出し入れを繰り返す。

淫靡《いんび》な水音が部屋の中に響き、与えられる快楽と羞恥《しゅうち》の両方に煽情《せんじょう》的に腰をくねらせる九鬼の姿に、宇津木の腰の中心もこれ以上ないほどに昂《たかぶ》った。

一刻も早く繋《つな》がりたいと思いながらも、それまで指で可愛がっていた九鬼の秘所に向かって、宇津木はゆっくりと舌先を移動させていった。

「あん……そん……な……っ!」

さすがに、これには驚いたらしい九鬼の手が宇津木の頭を避《よ》けようと伸びてくるのを払って、いいから好きにさせろと宇津木は秘めた場所へ対する舌での愛撫《あいぶ》を続けた。

これから自分を受け入れてくれる部分に、唾液《だえき》を塗りこめるように熱心な愛撫を暫く与えていると、頭の上で堪《こら》えきれなくなったらしい九鬼が艶《つや》めいた嗚咽《おえつ》を漏らしはじめた。

しなやかな両腿《りょうもも》で、下肢に埋められていた宇津木の頭を締め付けてくるのも気にせずに、蠕動《ぜんどう》する内部に尖らせた舌を潜り込ませて内側を解《ほぐ》し、片手を伸ばして立ち上がった前を追い上げる仕草で扱き上げれば、甘い嬌声《きょうせい》を上げて九鬼は宇津木の手の中で先に吐精した。

「……じゃあ、次は俺の番だな……」

獣めいた仕草で舌なめずりをしながら、吐精の余韻で力を失っている九鬼の右脚を大きく抱え上げて、つい先刻まで己の指と舌で充分に解した場所に、宇津木は熱く先走りの滲《にじ》んだ自身を押し当てた。

そのまま前方に体重を乗せるようにして挿入を果たせば、相変わらずの絶妙な締め付けで柔らかく内部へと誘われるから、たまらないような気持ちになる。

イイ……と、感極まったような悦《よろこ》びの声を上げながら腕を伸ばしてきた九鬼に、宇津木は強い力で背中を抱き寄せられた。

「俺も……すごく……イイ……」

さすがにこれ以上は気遣う余裕がなくなって、ほとんど本能のままに激しく腰を打ち付けたというのに、九鬼の身体はどこまでも宇津木の欲望を柔軟に受け止めてくれた。

荒い息を吐きながら、求められるままに唇を吸い合い、背中に回った九鬼の指が白く痕をつけるにも構わずに、恋人の熱く濡れた深みを抉る。

九鬼の長い脚がさらなる深みをねだるように宇津木の腰に絡みつくのに、角度を変えて長いストロークで腰を打ち付ければ、互いの腹の間で擦られて再び育った九鬼の花芯が、悦びの涙で濡れるのがわかった。

「……本当に、感じやすいんだな……」

そんなところもいやらしくてたまらないと、形のいい耳朶《みみたぶ》を噛みながら揶揄《やゆ》すれば、目尻を艶っぽく染めて快感で潤んだ瞳で、おまえのせいだ……と甘えた口調で訴えられた。

ずいぶんと可愛らしいことを言うと、淫蕩《いんとう》な雄《おす》の表情で笑いながらも、宇津木はそれまで放《ほう》っていた九鬼の中心に指を絡めてやる。

途端に、綺麗に弓なりに喉を反らした九鬼が、内部に食んだ宇津木自身を締め付けてくるから、危なく持っていかれそうになり焦った。

「……悪い、あまりもちそうにない……」

結局、一時は堪えたものの、九鬼の熱く蠕動する内部に締め付けられて、宇津木は熱い迸《ほとばし》りを九鬼の身体の奥へと放ったのだった。

ほとんど同時に吐精したらしい九鬼の上に自分の身体を投げ出すと、恋人の優しい指先が宇津木の汗に湿った髪の毛を撫でてくれた。

「愛してる……」

自分でも驚くほどに唐突に口から飛び出した告白に、宇津木の頭を撫でていた九鬼の動きが一瞬止まる。

照れ臭く思いながらも、九鬼がどんな顔をしているか見たくて顔を上げた宇津木だったが、そこに呆然とした様子で涙を流している恋人の姿を認めて大きく目を瞠《みは》った。

「……九鬼？」

慌てて宇津木が指先で涙を拭《ぬぐ》ってやると、九鬼はハッと我に返ったらしく、恥ずかしそうに宇津木から視線を逸らした。

「ああ、ごめん……。なんか……すごく、驚いたから……」

「……だからって泣くなよ。俺のほうがびっくりするだろ」

「宇津木が、俺を泣かせるようなことを言うからだろ……」

いい年をした男二人が、抱き合いながら恥じらっている姿は、どう考えても滑稽《こっけい》以外の何ものでもなかったが、この時の宇津木にはそんなことはどうだって構わなかった。

ただ、彼がいまだかつてない幸福の絶頂にあったことだけは確かであり、この先の自分を待ち受けている思いがけない運命など、その時の宇津木は夢にも想像していなかったことも、また確かな事実だった。

# 第四章

「最近、また暴力団同士の小競《こぜ》り合《あ》いが増えているようですね。昨夜《ゆうべ》だけで、二件も発砲事件があったそうです」

宇津木《うつぎ》が出社すると、斑鳩《いかるが》が憂えるような口調でそう言いながら、新聞を手渡してくれた。

「ああ、その話なら俺も今朝テレビのニュースで見た。東京進出を狙《ねら》う関西勢力の澤口組《さわぐちぐみ》と、それを阻《はば》もうとしている関東鬼同会《きどうかい》との縄張り争いらしいな。どちらにしても、物騒な話だ」

斑鳩の台詞《せりふ》ではなかったが、最近、都内で頻繁に発砲事件が起きているようだった。

このままでは、平成四年に暴対法が施行されてからは暫《しばら》くのあいだ落ち着いていたはずの、暴力団同士の大規模な抗争に発展する可能性もあるのではないかと危ぶむ声も少なくない。

「鬼同会と澤口組の仲は、もうずいぶんと以前から険悪なんですよ。五年くらい前に、鬼同会の会長が若いチンピラに襲撃された事件があったじゃないですか。あれ、澤口組傘下《さんか》の暴力団の仕業だとかで、あの時もやはり一時は抗争になるんじゃないかと噂《うわさ》されてたんですよ。それを、澤口組の先代が関東圏の鬼同会の縄張りには今後手を出さないということで、なんとか手打ちに持ち込んだんですけどね。ここに来て、一昨年だかに代替わりした澤口組の現在の組長が、まだ若い上に血気盛んな野心家で、関西だけじゃ飽き足らずに、関東にも色気を出し始めたそうですよ」

こんなふうに、斑鳩が宇津木に問われる前に仕事以外の話を、どこか嬉々《きき》とした様子で話すのはかなり珍しいことだった。

とはいえ、話の合間に「今日のスケジュールです」と言って、宇津木の一日の予定をプリントアウトした紙を差し出すことを忘れない斑鳩は、秘書の鑑《かがみ》と呼んでも良かった。

企画会議に商談相手との打ち合わせ、それに勿論《もちろん》、各部署から上がってくる書類のチェックと、今日も宇津木の仕事は多忙だ。

父親の跡を継いだばかりの頃は戸惑うことも多かったが、最近ではすっかりと慣れてしまった。

会社の業績は順調で、最近になってできたばかりの『恋人』との関係も順調……。

なんの心配事もないはずだというのに、何故《なぜ》だかここ暫くは宇津木の気分は晴れなかった。

(厄介なことに、俺の嫌な予感は当たるときている)

勘のいい斑鳩のことだから、そんな宇津木の気持ちを察して、彼には珍しい仕事以外の話題を振ってきたのかもしれなかった。

「……ずいぶんと、詳しいじゃないか、斑鳩」

「じつはリアルな暴力団は大嫌いなんですが、Vシネマは好きでよく見るんですよ」

斑鳩がVシネマ？　と、宇津木は冗談を言っているのかと思ったが、彼の真面目《まじめ》くさった表情から本気で言っていると知って驚く。

「それは、おまえにしては意外な趣味だな？」

斑鳩なら、同じ黒社会映画を見るのだとしても、どちらかといえばフランスや香港ノワールのイメージなので、日本のVシネマが好きだというのは意外だった。

けれど、宇津木の面白がるような問いかけに、返ってきた斑鳩の答えは、さらに彼にとっては思いがけないものだった。

「強面《こわもて》の男が好みなんです」

「……それはまた、さらに意外な趣味だな」

今度もまた、冗談にしては真面目な顔つきと口調の斑鳩に、宇津木は自分のデスクの脇《わき》にいつもどおり姿勢良く立っている秘書の柔和で端正な顔を、探るような眼差《まなざ》しで見つめた。

宇津木の視線を動じることなく見返した斑鳩が、どこか挑戦的とも取れる表情で、ニッコリと微笑《ほほえ》む。

「身近な人間で言えば、最近では九鬼《くき》様の秘書をなさっている、堂島《どうじま》様がタイプですね」

確かに、九鬼の秘書である堂島の凄味《すごみ》のある風貌《ふうぼう》なら、Vシネマに出ていてもなんら違和感はないことだろう……。

けれど、この場合の問題は、そんなところにはなかった。

「斑鳩、おまえ……」

まさか、そうだったのか？と、宇津木は今になって初めて知った秘書の性癖に目を瞠《みは》る。

「はい、なんでしょうか？」

相変わらず、口元にはどこか謎《なぞ》めいた微笑を浮かべたままで、斑鳩はあえて宇津木の次の質問を待っているかのようだった。

「前から、もてるくせに、やけに女に冷たい男だとは思っていたんだが、斑鳩、もしかしておまえは男が好きなのか？」

職場で話題にするような内容ではないことはわかっていたが、宇津木は斑鳩にそう訊《たず》ねずにはいられなかった。

「ええ、そうです。九鬼様とはご同類です」

やはり宇津木の質問に動じることなく、斑鳩はニッコリと笑顔で答える。

しかも、九鬼が斑鳩と同様に、女性には興味がないことも知っているらしい秘書の様子には、宇津木はもはや呆《あき》れたような溜《た》め息《いき》しか出なかった。

「……まさか、こんな形でおまえにカミングアウトをされるとは、今の今まで俺は思ってもいなかったぞ」

これまで隠してきた自分の性癖を、何故に今になって宇津木に告白する気になったのかと、彼は答えを求めて秘書の取り澄ました顔へと視線を向けた。

「私も、社長が九鬼様とおつきあいするようなことにならなければ、おそらく一生自分の性癖を社長にお話しすることはなかったと思います」

なんとなく予想はしていたが、やはりそう来たかと、宇津木はいっそせいせいした気持ちで笑った。

「なんだ、やっぱり俺と九鬼の関係に、気づいてたのか？」

斑鳩には、鏡子《きょうこ》と別れたことはすでに告げてある。

元から鏡子のことを嫌っていた斑鳩は、「それは良かったですね」と言ったきり、それ以後はいっさい鏡子の話題に触れることもなかったのだが、もしかすると宇津木が鏡子との別れに踏み切ったのは、九鬼の存在が原因だと彼は最初から気がついていたのかもしれなかった。

「ノンケの社長はともかくとして、九鬼様のほうは明らかに、私の目からも社長に気があることはわかっておりましたので」

冷静な表情のままでそう説明する斑鳩に、宇津木は片手で己の顎《あご》を撫《な》でながら、「ふむ」と低く唸《うな》った。

「なるほど、同類の勘ってやつか？」

自慢ではないが、宇津木は九鬼に直接告白されるまでは、彼がゲイだということにも、自分に好意を抱いていたということにも、まったく気がついていなかった。

好意を寄せられていた当の本人は気づいていなかったのに、第三者である斑鳩は気づいていたのかと、些《いささ》か宇津木は複雑な気分になる。

「ええ、そのようなものです。九鬼様も、早い段階で私が自分と同類であることに気づいてらっしゃったようですしね」

「……そうなのか？」

　再会まで、十年ものブランクがあった九鬼はまだしも、もう二年以上のあいだ、常に自分の傍《かたわ》らで仕事をサポートしてくれていた斑鳩の性癖にも、宇津木は今の今までまったく気がついていなかった。

　宇津木が鈍いのか、それとも『同類』だけが持つ、特殊な勘なのか……？

（そういえば、以前に九鬼から斑鳩のことをいろいろと訊《き》かれたことがあったな。もしかして、斑鳩が自分と同じ性癖を持っていると気づいて、俺との関係を危惧《きぐ》でもしていたのか？）

　そんな宇津木の考えを察したのかどうかはわからなかったが、斑鳩が思わせぶりな流し目で宇津木の僅《わず》かに困惑した顔を見つめる。

「ええ、私が社長に気があるかどうか、九鬼様はかなり気になさっているようだったので、はっきりと社長は私のタイプではないと断言しておきました」

　斑鳩は秘書としては確かに有能な男だったが、あまり察しが良すぎるのも考えものだと宇津木は苦笑した。

「なんだと？　おまえ、いつの間に九鬼とそんな話をしたんだ？　まったく知らなかったぞ」

とりあえず、宇津木が九鬼と恋人関係になってからは、斑鳩が九鬼と顔を合わせるような機会はなかったはずだった。

以前は、互いの秘書を伴ったまま、仕事の合間を縫って九鬼とランチを一緒に取ったりもしていたのだが、このところは二人とも多忙なせいでそんな時間もない……。

結果的に、宇津木が九鬼と会うのは、あくまでもプライベートな休日ばかりになっていたので、斑鳩はここ暫く九鬼と顔を合わせていないはずであった。

「九鬼様には、ずっと口止めされていましたから」

「……もしかして、俺が九鬼とつきあう以前の話なのか？」

宇津木と九鬼の関係が、友人から恋人に変わる以前の話なのかと問えば、斑鳩はやはり思わせぶりな表情のままで「はい」と頷《うなず》いた。

そして、どこか微笑ましそうな表情で斑鳩が語った、九鬼との会話は以下のようなものだったらしい。

「九鬼様、どうぞご安心してください。私は、宇津木社長には欠片《かけら》もその手の興味がございませんので、余計なご心配は無用ですよ」

「そう、やっぱりあなたは俺の気持ちに気づいていたみたいだね」

「ええ、ご同類はなんとなくわかるものです。そういう九鬼様こそ、私がお仲間だと気づいていらっしゃったようですが？」

「まぁね……。おかげで、ちょっと焦《あせ》ってしまった。あなたは、俺の目から見てもかなり魅力的な人だから」

「九鬼様のような方から、そこまで評価していただけて光栄です。ですが、私から言わせていただければ、まさしくそれはこちらの台詞とでも言いたいところですね」

「ありがとう。俺も、あなたにそう言ってもらえて光栄だよ」

「……九鬼様、せっかくですから、一ついいことを教えて差し上げます」

「いいこと？」

「ええ、そうです。じつは私の好みのタイプは、どちらかといえば九鬼様の秘書をしていらっしゃる、堂島様のような方なんです」

「堂島ですか？」

「はい、そうです」

「……なるほど、ああいうタイプがお好みですか」

「寡黙で精悍《せいかん》な、自分よりも年上の大人の男が好きなんです。宇津木社長の外見は好きですが、年下というだけで最初から論外なんですよ。それに、ノンケですしね」

「それを聞いて安心しました。余計な気を遣わせてしまって、申し訳ありません」

「余計なお世話ついでに、九鬼様のご健闘をお祈りします」

「ありがとうございます」

斑鳩の話を聞き終わった宇津木は、なんとも言《い》い難《がた》い表情になった。

自分の秘書と恋人が、知らないうちにそんな会話を交わしていたことにも驚いたが、宇津木が気づいていなかった九鬼の彼へ対する恋心に、斑鳩がずいぶんと早い段階で気がついていたことには、やはり驚きを隠せなかった。

「俺は、もしかして鈍いのか？」

宇津木が自嘲《じちょう》するような口調で問うと、斑鳩は可笑《おか》しそうに笑いながら首を振った。

「いえ、社長の場合は鈍いのではなくて、人に見られることに慣れすぎていて、好意を寄せられることに鈍感になっているだけでしょう」

「……それを鈍いと言うんじゃないのか」

どう言葉を変えたところで、自分が鈍いことには変わりがないと、宇津木は逞《たくま》しくて広い肩を竦《すく》める。

「まぁ、そうとも言います。でも、社長は基本的にノーマルな方ですから、同性からの視線を意識しないのも仕方がないかもしれませんね」

確かに、これまでの宇津木は同性の視線など意識したこともなかった。

だいたい、女性から送られるあからさまな秋波《しゅうは》にさえ無頓着《むとんじゃく》なのだから、男からの視線など気にかけるはずもない。

九鬼との再会の場であるスポーツジムで、彼の視線に気がついたこと自体、今の宇津木にしてみれば奇跡に等しかった。

「そういえば、これまで男にもてた経験はないな」

とりあえず、自分に好きだと告白してきた同性は、これまでの宇津木の人生の中では九鬼だけである。

大学時代には、ゲイやバイだと噂されていた同級生や先輩を何人か知っていたが、彼らから好意を向けられるようなことは一度もなかった。

それどころか、むしろ敬遠されていたような気さえする……。

しかし、そんな宇津木の自己分析を、斑鳩は呆れ果てたとでも言わんばかりの表情で一蹴《いっしゅう》したのだった。

「……いえ、気づいていないだけで、社長は男女に関係なくおもてになりますよ。ただ、社長は明らかにノンケですし、外見は優れていますが威圧的な雰囲気をお持ちですから、よっぽど勇気と自信がある人間じゃないと声をかけられないだけでしょう。それこそ、九鬼様ほどのレベルじゃないと難しいでしょうね」

確かに、九鬼の容姿は誰の目から見ても、美しく好ましく映るレベルのものだった。

それどころか、九鬼はただ容姿が美しいだけではなく、知的で清潔でもある。

傍《そば》にいるとイイ匂《にお》いがするし、何よりも自分に優しくて尽くしてくれるところもいい。

それでいて、ベッドでは淫《みだ》らで情熱的で奔放だ。

我が恋人ながら、欠点らしき欠点が見つからない、最高の相手だった。

「確かに、俺は今でも九鬼以外の男にはまったく興味はないが、だからと言ってゲイに対して偏見を持っているわけでもないぞ」

九鬼とセックスすることには躊躇《ため》いも抵抗もなかったが、これが他の男が相手となれば話は別である。

斑鳩も、男にしては清潔で端正な容姿の持ち主ではあったが、だからと言って宇津木は彼を抱きたいとは微塵《みじん》も思わなかった。

とはいえ、もとより宇津木には他者の特殊な性癖に関する偏見がほとんどない。

バイでもゲイでも、ＳＭ趣味でも、コスプレ趣味でも、それが他人に迷惑をかけない趣味なら、人それぞれの個性なのだからと寛容な意見の持ち主なのだった。

「ええ、それに関しては私も多少意外に思っていました。社長のような方は、ゲイなんて傍に寄られただけでも虫唾《むしず》が走るというタイプだと思ってましたから」

「そんなこと、絶対に言わん」

斑鳩の意見に、宇津木は些かムッとした表情で答える。

どうも、身体《からだ》が大きくて威圧的で精悍な容姿のせいもあってか、宇津木は一見するとスクウェアな性格だと思われがちだった。

子供の頃から尊大な性格をしていたことは認めるが、これでも鷹揚《おうよう》な両親の影響もあって、見かけによらず宇津木は寛容な性格をしている。

「はい、絶対に仰《おっしゃ》いませんよね。あなたは、傲慢《ごうまん》なようでいて、基本的に弱い立場の人間には本能的にお優しい方ですから」

思いがけないほどに、斑鳩の表情も口調も優しいものだったので、宇津木はいたって居心地の悪い気分になる。

この優秀で辛辣《しんらつ》な秘書に、宇津木はあまり褒められた経験がないので、こんなふうに皮肉ではなく賞賛されることには慣れていなかったからだった。

「……それは、褒められているのか？」

おまえが俺を褒めるなんて、明日は季節外れの大雪だろうと、まんざら冗談でもなく宇津木が呟《つぶや》くと、斑鳩からは呆れた視線が返ってきた。

しかし、溜め息はついたものの、斑鳩の宇津木へ対する言動はいつになく優しいものだった。

「ええ、褒めていますよ。社長は見かけによらずに、お年寄りにも小さな子供にも、動物にも優しいです。唯一の欠点は、おもてになるのに女性の趣味が悪くて、ついでに扱いも下手くそなことくらいですかね」

口調も眼差しも優しかったが、最後にチクリと嫌味を言うことを忘れないあたりは、さすがは斑鳩と言うべきか……。

（だが、斑鳩に嫌味を言われても仕方がないか）

斑鳩は、宇津木が鏡子と別れたことに関しては素直に安堵《あんど》したようだったが、鏡子との別れ話がこじれて、宇津木が彼女に多額の手切れ金を払うことになったと知った時は、これ以上ないほどに呆れた表情をしていた。

「基本的に、俺は色恋が不得手なんだ。この年になるまで、本気で誰かを好きになった経験がなかったからな」

じつを言えば、九鬼とこうなった今でも、いまいち自分が恋人として彼を満足させてやれているのか、宇津木は自信がなかったりするのだった。

（何せ俺は、今までにつきあってきた相手の機嫌を自分から伺ったことなど一度もないからな）

義務的に、誕生日やクリスマスなどの女性が好きそうなイベントにはプレゼントを用意したりはしたが、そのプレゼントも相手のことを真剣に思って買ったことなど一度もない。

大概の女性なら誰でも喜びそうな、有名ブランドの高価な指輪やバッグなどを適当に選んで渡せば、それで良かったからだった。

呆れた話ではあるが、宇津木のこれまでの交際相手は全員、その程度のプレゼントで充分に満足していたのである。

彼女たちにとっては、おそらく愛情イコール高額なプレゼントという図式だったのだろう……。

しかし、九鬼にはこんな適当な手は絶対に通じない。

だいたい、宇津木自身が九鬼に対して、そんな適当な誤魔化しの手を使いたくなかった。

「……九鬼様が、唯一の例外ですか？」

斑鳩の問いに、宇津木は少しばかり気恥ずかしい気持ちになりながらも頷いた。

九鬼は宇津木にとって特別な存在だ。

何せ、生まれて初めて、自分から欲しいと思った相手なのである。

好きだと告白をしてくれたのは九鬼のほうからだったが、きっと最初に『恋』に落ちたのは、宇津木のほうが先だったに違いなかった。

「そうだな……。まぁ、思えばあれが俺の初恋だったんだろうから、そういうことになるんだろうな……」

あの当時は、自分の中の九鬼への気持ちが、恋であるとも気づいていなかったが、やはりあれが宇津木の初恋だったのだろうと思う。

「初恋……？　九鬼様がですか……？」

さすがに、宇津木の口から出た『初恋』の二文字が彼には似つかわしくなかったらしく、斑鳩の表情が複雑そうに歪《ゆが》んでいる。

「まぁ、いいじゃないか。あまり追及してくれるな」

「……そうですね、追及したいのはやまやまなのですが、そろそろ仕事をしていただかなければいけませんので、今日はこれくらいで勘弁して差し上げます」

斑鳩が尤《もっと》もらしい口調でそう言うのに、宇津木は苦笑しながらも「そりゃあどうも」と言って肩を竦めた。

「とりあえずは社長、私はこれだけは言っておきたかったんです」

てっきり、先ほどの会話でひとまずこの話題は終わったとばかり思っていた宇津木は、思いがけないほどに真摯《しんし》な顔つきで斑鳩がそう言葉を続けたことに驚いた。

「どうした、急に改まって」

決裁箱に山積みになっている書類に手を伸ばしかけていたのを引っ込めると、宇津木はこれまでに見たことがないほどに真剣な様子の斑鳩の顔を訝《いぶか》しげに窺《うかが》った。

「何があっても、私だけは絶対にあなたの味方です。勿論、九鬼様の次で結構ですから、私のことも信頼してください」

いきなり何を言い出すのだと僅かに不審に思いながらも、宇津木は真剣な斑鳩の気持ちを受け止めるために、生真面目な表情で頷いた。

「ふん、そんなこととっくだな」

「と、言いますと?」

やはり真面目くさった顔のままで首を傾《かし》げている秘書に、宇津木はニヤリと不敵に笑顔を向ける。

「だから、おまえは俺にとって、親父《おやじ》が残してくれた最高の遺産だと言ってるんだ」

この宇津木の言葉は、斑鳩にとっては予想外のものだったらしく、一瞬虚を衝《つ》かれたような表情になってから、泣き笑いのような複雑な顔になった。

それは、普段ポーカーフェースの斑鳩にしては、珍しい表情だった。

「……いくらなんでも、それは少し持ち上げすぎです」

「そうか？　まぁ、たまにはいいんじゃないか」

「わかりました……。もう、結構ですから、どうぞ仕事に戻ってください」

動揺する斑鳩など、そう何度も見られる光景ではない。

そう言ってからかってやるのは簡単だったが、やはり後が怖いので、宇津木は素直に仕事に集中することにしたのだった。


その日、宇津木のもとに招かれざる客が訪れたのは、午前中の企画会議を終えた直後のことだった。

「いったい、どういうつもりなのかしら？」

アポなしで押しかけてきた挙げ句に、何故だか最初から激昂《げっこう》した様子の鏡子に、宇津木はうんざりとした眼差しを向けた。

「……いきなり押しかけてきて、なんの話だ。きみとのことは、とっくに決着がついたと思っていたんだがな、鏡子」

信頼のおける弁護士を仲介にして、鏡子には既に約束の手切れ金を渡してある。

彼女が金を受け取った時点で、金輪際《こんりんざい》二度と会うこともないだろうと思っていたのに、いったい何をしに来たのだと、午後からの仕事のスケジュールを脳裏に描きながらも、宇津木は苦々しげに目の前の元恋人の顔を睨《にら》んだ。

「私は、もう一度話したいことがあると、何度もメールをしたし、留守電にメッセージも吹き込んだはずよ？」

確かに、別れた後も鏡子からは何度か一方的に連絡を貰《もら》っていたが、宇津木はそのすべてを無視していた。

「悪いが、俺には今さらきみと話すようなことはない。どうしても何かあると言うなら、今後は弁護士を通してくれないか」

だいたい、こんなふうに会社に押しかけられること自体が迷惑なのだと、宇津木は鏡子に厳しい眼差しを向けたままで憮然《ぶぜん》と告げた。

「何よ！　新しい恋人といちゃつく暇があるなら、私の話だって少しくらい聞いてくれてもイイじゃないのよ！」

「……たとえそうだとしても、きみにとやかく言われるいわれはない」

正直に言うと、今の宇津木には鏡子と二人だけの空間に身を置くことは、苦痛以外の何ものでもなかった。

しかし、いくらすべての事情を知っているからといって、斑鳩を同席させるのには躊躇《ためら》いがあり、鏡子が馬鹿《ばか》な真似《まね》をしでかすのではないかと案じる斑鳩には、心配するなと言って席を外してもらった。

斑鳩のことだから、万が一の時のためにと、今頃は社長室の扉の前で待機していることだろう。

「文句ならあるわよ！　まさか、この私が男に恋人を寝取られるなんて、思ってもいなかったわ！　あのレストランで会った彼……九鬼亮司《りょうじ》とかいう名前らしいけれど、あの人があなたの新しい恋人なんですってね？　信じられないわ。ひどい、屈辱よ！」

いっこうに埒《らち》が明《あ》かなかった鏡子との会話だったが、その一言でようやく彼女の来訪の『理由』がわかり、宇津木はなんだとばかりに深く嘆息した。

「もしかして、別れ話の後に俺の身辺調査でもしたのか？　どちらにしても、やはり褒められた行為ではないけどな」

それに、金銭で別れ話に同意をした時点で、鏡子には宇津木を責める権利がなくなっている。

宇津木が誰とつきあおうと……それがたとえ同性であろうと、鏡子にとやかく言われるいわれはなかった。

「男と浮気をしていたような人には言われたくないわ！」

宇津木が、彼女に九鬼との関係を指摘されても動じないことに納得がいかないのか、鏡子の表情には焦りの色が見えた。

「……浮気だって？」

「そうよ！　浮気じゃない。違うって言うの⁉」

自分という存在がありながら、よりにもよって男と二股《ふたまた》をかけたくせにと、いつも見てくれだけには細心の気を遣っている鏡子が、なりふり構わずに髪の毛を振り乱して叫ぶ姿に、宇津木は口元に嘲笑を浮かべて肩を竦めた。

「……違うな。浮気じゃない、俺にとっては最初から向こうが本命だ」

「なっ……」

鏡子の顔があからさまに傷ついたように歪むのがわかって、宇津木はひどく後味の悪い気持ちになった。

つきあっていたあいだは、けして宇津木に甘えることも媚《こ》びることもしない女だった。

自分たちの関係を、割り切った大人の関係でギブアンドテイクなものだと断言していたくせに、別れ際《ぎわ》のこの醜態はいったいどうしたことなのか？

「いい加減、みっともない真似はよさないか。きみがこれ以上どう騒ごうと、俺との関係が修復することは二度とない」

宇津木はどうしたって彼女とよりを戻す気はない。

それならば、冷酷だと思われても構わないから、いっそきっぱりと思い切らせてやることこそが親切だと考えた。

「……冷たくて、最低な男ね」

「ああ、褒め言葉だな」

鏡子とて、自分が彼女を本気で愛しているとは、もとより考えていなかっただろうにと思うのは、宇津木の独りよがりだったのか……。

とりあえず、少なくともこれほどに鏡子に執着されているとは思っていなかった宇津木は、今さらのように自分が色恋には向いていないことを自覚して暗澹《あんたん》とした気持ちになったのだった。

「……そんな呑気《のんき》なことを言っていていいの？　宇津木コーポレーションの二代目若社長が、男に走ったなんて、すごいスキャンダルになると思うんだけど⁉」

宇津木の冷静な態度がどうしても許せないらしい鏡子は、ついにキレたのか、それまでずっと片手に握り締めていた封筒の中身を宇津木へとぶちまけた。

封筒の中に入っていたのは、ここ最近の宇津木の身辺を調査した書類と、九鬼の様子を隠し撮りしたらしい写真の数々だった。

「なんだ、ゴシップ誌にでもネタを売るつもりか？　俺はべつに構わないが、そうなるとおまえは恋人を男に寝取られた可哀想《かわいそう》な女になるが、それでもいいのか？」

床に散らばった現在の恋人の写真を一枚一枚拾い上げながら、宇津木は馬鹿にしたように鏡子へと視線を向ける。

悔しげに唇を嚙《か》んで宇津木を睨みつけていた鏡子は、屈辱に戦慄《わなな》く声で「……ひどい男」と宇津木のことを詰《なじ》った。

「ああ、なんとでも言ってくれ」

「男同士なんて、気持ち悪いわ！　本当に、信じられない！」

宇津木だって、九鬼以外の男が相手なら、こんな関係にはなっていなかったと思う。しかし、惚《ほ》れた欲目を抜きにしても、隠し撮りした写真の中でさえ、九鬼は宇津木が知る誰よりも美しい男だった。

「なんだ、モデル業界や芸能界じゃべつに珍しい話でもないんじゃないのか」

べつに宇津木は芸能界やモデル業界に詳しいわけでもなかったが、この手の業界の関係者にゲイやバイが多いことくらいは知っている。

「それとこれとは別よ！」

「……まぁ、俺にはどうでもいい話だけどな」

　確かに、一時は多額の手切れ金を受け取って、宇津木との別れ話に納得した鏡子が、宇津木が彼女を振ってまで選んだ現在の恋人が男だと知って、女としてのプライドを傷つけられたというのも、そうわからない話ではなかった。

（どっちにしても今さらではあるがな……）

　もしも、鏡子とのセックスよりも、九鬼とのそれのほうがよっぽど自分は興奮するし満足していると告げたら、彼女はいったいどんな顔をするだろうか？

　そんな下世話なことを、つい考えてしまっていた宇津木だったが、なんとはなしに眺めていた写真の一枚に、思わずハッとして目を止めた。

（これは、どうして……？）

「この写真……」

　それは、どこかのホテルのロビーで、おそらくは商談の後なのだろう、九鬼が何人かの男たちと一緒に写っている写真である。

　いつも九鬼の影のように付き従っている堂島の姿も当然写真の中にはあったが、問題はそれではなく、商談相手なのだろう男たちの顔に見覚えがあることだった。

一人は、それこそ以前に鏡子とレストランで食事をしていて九鬼と鉢合わせになった時に、九鬼と一緒だった目つきの鋭い中年の男だったが、これも宇津木にはまだ大きな問題ではなかった。

宇津木が引っ掛かったのは、その中年の男の隣に写っている、もう一人の男のほうである。

年齢的には、宇津木と九鬼と同年代で、一見するとホスト風の優男だったが、宇津木は彼が誰なのかを知っていた。

（いや、確かに仕事の関係と言われれば、まったくないことでもないんだろうが……。だけど、それでもやはり九鬼が『彼』と一緒にいることには納得できない……）

「何よ、何か気になることでもあるのかしら？」

急に写真を握り締めて深刻な顔で黙り込んだ宇津木に、一瞬その存在を忘れていた鏡子が訝しげな声をかけてくる。

「いや、どこの興信所に調査を依頼したのかと思ってな」

「……そんなこと、どうでもいいでしょ！　あ、でも……」

宇津木のこの場にそぐわない台詞に、鏡子はますます険悪な表情になったが、ふと途中で何か大切なことを思い出したのか、途端に困惑した様子になった。

「でもってなんだ？　何かあったのか？」

宇津木へ対する憤《いきどお》りを一瞬忘れるほどの何かがあったのだと、宇津木は思わず鏡子の華《きゃ》奢《しゃ》な腕を摑《つか》んで揺さぶっていた。

「そういえば、調査を依頼した興信所の人が、なんか、妙なことを言ってた気がするわ」

「妙なこと？」

どういうことだと再び鏡子の腕を揺さぶろうとした宇津木に、彼女は「痛いからやめて」と言って抗《あらが》った。

仕方なく腕を離すと、恨めしげな眼差しを宇津木に向けながら、鏡子は彼から少し後退《あとずさ》る。

よっぽど宇津木の剣幕が怖かったらしい。

「あまり深入りしたくないから、これ以上の調査の依頼はお断りしますって言ってたのよ。それから、私にもあまり深入りするのはよしなさいとも言ってたわ……」

それは、いったいどういうことだと、宇津木は険しい表情で眉《まゆ》を寄せる。

「……深入りって、誰に対してだ。俺か？　それとも……まさか、九鬼に対してか？」

宇津木自身、それなりに地位も名誉もある立場ではあったが、興信所の調査員が途中で身辺調査を中止するほど怯《おび》えられるような覚えはなかった。

（でも……それならば、何故？）

「やめてよ、私が知るわけないじゃない。ただ、興信所の人の口振りから考えて、向こうでストップをかけたのは、あなた本人じゃなくて、おそらくはあなたの現在の恋人さんが問題だったみたいだけど……。ねぇ、あなたの新しい恋人は、どうやらいろいろと訳ありらしいわね」

ようやく、宇津木が動揺するのを見て溜飲《りゅういん》を下げたのか、鏡子はそれから間もなくして帰っていった。

鏡子が帰った後の明らかに沈んだ様子の宇津木を見て、斑鳩は心配していたが、宇津木は「鏡子の相手で少し疲れただけだ」と言って笑って誤魔化した。

いくら相手が信頼している斑鳩とはいえ、今の時点ではまだ、彼に自分の懸念《けねん》を告白する気にはなれなかったからだった。

（鏡子のことはどうだっていい……。俺が気になっているのは、九鬼のことだ……）

九鬼には、鏡子が帰ってすぐに、今夜至急に会ってどうしても話したいことがあると電話で連絡をしてある。

宇津木の突然の申し出に、九鬼も最初は驚いたようだったが、すぐに快く了承してくれた。

彼のほうから、九鬼に平日の夜に会いたいと告げたのは初めてのことだった。

九鬼のほうからは、これまでにも何度か時間があったら会いたいと、平日でも連絡を貰ったことがあるが、宇津木からは言ったことがない。

だからこそ、忙しい身であるはずの九鬼も、今夜の宇津木の申し出を受ける気になってくれたのだろう……。

（……疲れたような声をしていたな）

このところ、九鬼は仕事が忙しいらしく、出張で東京を出ていることが多い。

おかげで、また十日ほど顔を見る機会もなかったのだが、今日は幸運にも社のほうに出社していたようだった。

九鬼に会えば、どうしても身体を重ねたい欲望にかられるが、今夜は恋人の体調を慮《おもんぱか》って自重しなければと、宇津木は自分へと言い聞かせる。

そして結局、自分は鏡子が持ち込んだ疑惑を理由に、ただ九鬼に会いたいだけなのではないのかと思い当たり、宇津木は密《ひそ》かに苦く笑ったのだった。

会社での仕事を終えた宇津木は、電話で九鬼に言われたとおりに、タクシーで赤坂《あかさか》にある九鬼のマンションに向かった。

九鬼のマンションに着いた宇津木を出迎えてくれたのは、彼が初めて顔を見るスーツ姿の若い男だった。

「宇津木さんですね。九鬼社長が中でお待ちです」

どうやら、九鬼の会社の社員らしいことはわかったが、それがどうしてここにいるのだと宇津木は首を傾げる。

「九鬼……?」

リビングに入ると、そこにも九鬼以外に、堂島ともう一人、別の若い男の姿があった。

「すまない、宇津木。こいつら、すぐに帰らせるから気にしないでくれ」

「いや、俺のほうこそ邪魔なようなら帰るが……」

てっきり、まだ九鬼の仕事が立て込んでいるのだろうと判断して、宇津木は申し訳ない気持ちになる。

「……宇津木さん、じつはうちの社長は今日、仕事先への移動中に車が接触事故を起こして、あまり体調が芳《かんば》しくないいんですよ」

これまでに、宇津木に対して挨拶《あいさつ》以外では口を開いたことのない堂島が、どこか苦々しげな様子でそう説明するのに、堂島に話しかけられたことと、その話の内容の両方に驚いて宇津木は目を瞠った。

「接触事故だって？　九鬼、まさか怪我《けが》をしたのか？　病院にはちゃんと行ったのか？」

パッと見たところ、ソファーに腰掛けている九鬼に目立った外傷はないようだったが、車で接触事故とは穏やかではなかった。

「宇津木、落ち着いて。せいぜい、ちょっとした打撲程度だから心配はいらない。たいした怪我ではなかったから、おまえに連絡もしなかったんだ」

だから安心してくれと九鬼は穏やかに笑っていたが、堂島はそうはいかなかったらしい。

「社長、いくら軽傷とは言っても、今夜は大事を取って、早めにお休みになってはいかがですか」

暗に、宇津木にはこのまま帰ってもらえと堂島が言っているのだと気づき、宇津木は少しばかり不愉快な気持ちになる。

本調子ではない九鬼を、ゆっくりと休ませてやりたい気持ちは宇津木にもわかるが、それを堂島にわざわざ言われたくはなかった。

「宇津木、本当に心配はいらないんだ」

宇津木が堂島の態度に顔を顰《しか》めたことに気がついたのか、九鬼が宥《なだ》めるように手を伸ばして宇津木の腕へと触れる。

途端に、今度は堂島が憮然とした表情で、九鬼に抗議するような視線を向けたのが宇津木にもわかった。

「堂島、俺は平気だ」

「しかし……」

よっぽど九鬼の身を案じているのか、言いよどむ年上の屈強な部下に向かって、九鬼は有無を言わさぬ口調で「余計な口を挟むな」と言った。

「は、はい」

九鬼の命令には絶対服従らしい堂島は、いまだ葛藤《かっとう》した表情を浮かべながらも、結局は九鬼の厳しい視線に引き下がらずにはいられなくなったようだった。

「それでは、何かあったらすぐに連絡をください。私はいつでも待機しておりますので」

「ああ、世話をかけてすまない」

美しい主従関係と呼ぶには、九鬼と堂島の関係には少し違和感があった。

(いくら俺が鈍くても、堂島が九鬼のことを特別な意味で慕っていることくらいはわかるぞ)

そういえば、斑鳩は堂島のような男が好みだと言っていたが、九鬼はどうなのだろうと、宇津木は主従の傍らに仏頂面《ぶっちょうづら》で立ちながら考えた。

「……宇津木さん、今夜はうちの社長にあまり無理をさせないでやってください」

「ああ、わかってる」

結局、堂島はそれからすぐに若い社員二人を従えて帰っていったが、去り際に宇津木に釘《くぎ》を刺していくことだけは忘れなかった。

（斑鳩もだが、どうやらあいつも俺と九鬼の関係には気づいているらしいな）

それじゃなくても目つきの鋭い男だというのに、去り際の堂島の宇津木へ向ける眼差しは、まるで刺すようだった……。

「どうかしたのか、宇津木？」

九鬼の様子は、一見するといつもと変わらないように見えたが、なんとなく不穏な気配をまとっているのがわかって、宇津木は今夜は堂島の忠告どおり早めに退散しようと心に決める。

（訊《き》きたいことがあったが、日を改めたほうがいいかもしれないな……）

結局、そんなのは言い訳にすぎなくて、単に九鬼を問い詰める勇気と覚悟が自分にはないだけなのかもしれない。

「……どうやら、おまえの秘書は俺のことが嫌いらしいな。顔を合わせるたびに、いつも物凄い目で睨まれる」

心配そうな様子で自分を見つめている九鬼に、宇津木はわざと冗談めかした明るい声でそう言った。

「堂島のことかい？　ちょっと目つきが悪いだけで、悪気はないと思うんだけど。顔は怖いけど、あれでなかなか優秀な男なんだよ」

優秀で忠実、まるで番犬のような男だと思ったが、宇津木はそれに関しては賢明にも口に出さなかった。

かわりに、じつはずっと気になっていたことについて質問をする。

「もしかして、彼は俺とおまえの関係を知ってるんじゃないのか？」

案の定、宇津木の疑問に、九鬼はあっさりと頷いた。

「……ああ、知ってる。というか、うちの社員は全員、俺の性癖を知ってるんだけどね」

「社員って……。おまえまさか、周囲にもカミングアウトしているのか？」

さすがに九鬼から知らされたその事実には驚いて、宇津木は恋人の相変わらず清廉に整った美しい顔を覗《のぞ》き込《こ》んだ。

「あれ、そういえば言ってなかったっけ。高校を卒業と同時に、家族にも俺の性癖はカミングアウト済みだよ。女と結婚しろと言われたくなかったからね」

しごく明快で尤もな回答ではあったが、普通の人間はそうは思ってもなかなか自分の特殊な性癖を家族にカミングアウトはできないものである。

「そうなのか……。そんな前から、家族にもカミングアウトしてたのか……」

そういえば、こんな関係になったというのに、宇津木は九鬼の家庭のことを何も知らなかった。

自分で起業する時に、父親からある程度の援助をしてもらったことだけは知っていたが、他に兄弟がいるかどうかも訊いたことがない……。

とりあえず、学生時代からの彼の様子から考えても、裕福な家庭で育ったことだけは間違いなさそうだった。

しかし、元から九鬼にはこのマンションの部屋同様に、生活臭が感じられないこともあって、彼の家庭環境を想像するのは宇津木にとっては難しかった。

「俺は中学生の頃から、既に自分の性癖を自覚していたからな。ちなみに、初体験の相手は中学時代の家庭教師の大学生だった」

少しだけ悪戯《いたずら》っぽい表情でそんなことを告白する九鬼に、宇津木は軽く眉を寄せる。

中学生の時に男と初体験を済ませているのだとしたら、当然ではあるが、宇津木の知る高校生の頃の取り澄ました優等生のような顔をしていた九鬼は、とっくに男を知っていたことになる。

勝手な思い込みではあるが、宇津木はなんとなく騙《だま》されたような気分になった。

「……九鬼、おまえはこれまでに、何人の男とつきあってきたんだ?」

「なんだ、ずいぶんと野暮《やぼ》なことを訊くな。もしかして、俺の過去の相手に妬《や》いてるのか?」

宇津木が自分の過去の相手に妬いていると知って、気を良くしたようだった。

九鬼は宇津木の不躾《ぶしつけ》な質問に腹を立てるどころか、むしろ嬉しそうな顔で笑った。

「悪かったな……」

憮然とした顔で宇津木が答えると、九鬼がクスクスと笑いながら擦り寄ってくる。

「宇津木は、あまりそういうことは気にしないタイプだと思ってた」

九鬼の長くて白い指先が、甘えるように自分の膝《ひざ》の上を撫《な》でるのを意識しながらも、宇津木は軽く咳払《せきばら》いしながら口を開いた。

「……女とつきあっていた時は、相手が過去にどんな男とつきあっていても、まったく気にならなかった。それどころか、処女は扱いが面倒だとさえ思ってたんだがな……」

宇津木も、自分が男としてかなり最低な発言をしている自覚はあったが、目の前の恋人が先刻《さっき》からずっと嬉しそうな表情を崩さないので、まぁよいかという気分になる。

「でも、俺の過去は気になる?」

「悔しいが、そうらしい」

照れ臭く思いながらも渋々認めると、九鬼はねっとりとした仕草で宇津木に抱きついてきた。

九鬼のつい先ほどまでは清廉だった目元に、今はゾクッとするような色香が滲《にじ》んでいる。

「宇津木が俺の過去に嫉妬《しっと》してくれるなんて、すごく嬉しい」

絡《から》み付《つ》いてくる九鬼の身体は、自分と同じ男のものとは思えないほどに熱くて艶《なま》めかしかった。

「……俺は、なんだかおまえに手玉に取られているようで悔しいよ」

ほとんど本能的に九鬼の身体を抱き締めながらも、宇津木は深く溜め息をついた。

「拗《す》ねるなよ。高校生の頃から、俺はおまえが好きだったたって言ってるだろ？　惚れたのは俺のほうが先だし、今だってより惚れてるのは俺のほうなんだからいいじゃないか」

「昔はともかくとして、今は俺だって、おまえに惚れてるぞ」

否《いな》、昔だって、宇津木はきっと九鬼に惚れていた。

ねだられるままにキスを交わしていると、九鬼の繊細な指先が宇津木の股間《こかん》に触れてくる。

トラウザーズの上から、掌《てのひら》で包み込むように撫でられて、宇津木は慌てて九鬼の身体を自分から引き離した。

「いや、今日は……」

九鬼を抱くつもりはないのだと告げるつもりが、少し怒ったような表情をした九鬼に先回りをされて宇津木は困惑した。

「まさか、このまま俺に何もしないで帰るとか言わないよね？」

宇津木の太腿《ふともも》を長い両脚で挟むようにして、九鬼が自分の腰を押し付けてくる。

雄の官能を刺激することが巧みな九鬼に、宇津木は苦笑しながら「だけどな……」と呟いた。

「……おまえの秘書に、釘を刺されたばかりなんだが……」

九鬼の体調はあまり良くないようだし、今日は平日で、明日も休日ではない。

抱く側の宇津木はまだしも、いくら慣れているとはいっても、九鬼の身体が心配だった。

「俺が構わないって言ってるのに？」

「九鬼……」

九鬼が我《わ》が儘《まま》を言うのは珍しい。

「なぁ、宇津木が欲しいんだ。抱いてよ……。それじゃなきゃ、浮気するよ？」

「……それだけはやめてくれ」

結局、抱いてくれなければ浮気するという脅しに負けて、宇津木は今夜もまた九鬼の寝室に誘われることとなったのだった。


ベッドの中では、さすがに今夜は身体の中で出されるのはきついからと言って、九鬼が宇津木にゴムを被《かぶ》せてくれた。

それくらい自分で着けると宇津木は言ったのだが、九鬼は手練《てだれ》の高級娼婦《しょうふ》のような仕草で、唇と指先を使って器用に宇津木の雄を薄いゴムで包み込んでくれた。

その後に、今度は熱くて絶妙な締め付けの九鬼の中に包み込まれて、宇津木は二度ほど絶頂を極めて満足した。

九鬼は、今夜も甲斐甲斐《かいがい》しく宇津木の後始末をすると、自分は先にシャワーを浴びてくるからと言ってベッドを抜け出していった。

(見かけによらず、タフな男だ)

タフで綺麗《きれい》で謎《なぞ》めいていて、身体は何度も繫《つな》がっているのに、いまだに宇津木には九鬼のことが摑み切れない……。

（おまえはいったい、俺に何を隠しているんだ？）

いつもなら、九鬼がシャワーから戻ってくるのを素直に待っている宇津木だったが、今夜の彼はそうしなかった。

古今東西、昔話や童話の中で、けして覗かないでくださいと言われていた約束を破ると、まず確実に悲劇的な結末が待っていることは宇津木だって知っていたが、今夜ここを訪れた本来の目的を思えば、そうも言っていられない。

手早くベッドの下に脱ぎ捨てていた衣類を身にまとうと、宇津木は極力気配を消すようにして寝室を抜け出し、微《かす》かに水音が聞こえるバスルームへと足を忍ばせた。

先刻まで何度も深く交わっていた恋人のシャワーシーンをこれから覗き見するのかと思うと、なんだか滑稽《こっけい》なような気もしたが、頑《かたく》なにいまだに宇津木の前で上半身を晒《さら》すことを九鬼が拒む理由が気になって仕方がない。

それに最近気がついたことなのだが、九鬼は滅多に白いワイシャツを着なかった。

とりわけ、宇津木と身体を重ねる時は、絶対に白は着ない。

それに、あれだけベッドの上では奔放で淫乱なくせに、バックからの交接にも九鬼は絶対に応じなかった。

九鬼は、まるで宇津木に背中を向けること自体を避けているようだった。

ここまでされれば、宇津木もさすがに違和感を覚えずにはいられなかった。

九鬼の背中に、彼の言葉どおりひどい火傷痕《やけどあと》があったなら、それはそれで構わない。

恋人が怒れば、その傷痕ごと愛しているからと言って必死で宥めればいい……。

けれど、問題はそれ以外の場合だった。

宇津木はそろそろと、細心の注意を払いながらバスルームのドアを開いた。

最初は湯気ではっきりと見えなかったが、徐々に白く煙ったバスルームの中に、九鬼の均整の取れた白い身体が浮かび上がる。

長い脚から、形良く引き締まった尻《しり》、そして……。

「なっ……！」

思わず上げてしまった宇津木の驚愕《きょうがく》の声に、気づいた九鬼がハッとした表情で振り返った。

「……宇津木、おまえ……」

呆然《ぼうぜん》とした表情で自分を見つめている九鬼の瞳《ひとみ》を見返しながら、宇津木は今さっき自分が目にした光景が俄《にわか》には信じられずにいた。

「……どういうことだ？　九鬼、おまえのその背中……どう見たってそれは……」

宇津木は信じられなかった。

否、正確には信じたくはなかったのかもしれない。

何故なら、九鬼の白い背中を覆っていたのは、痛々しい火傷の痕などではなく、美しくも妖《あや》しい見事な昇《のぼ》り龍《りゅう》の刺青《いれずみ》だったからである……。

# 第五章

「おいおい、天下の宇津木《うつぎ》コーポレーションの社長が覗《のぞ》きとは、ずいぶんとはしたない真《ま》似《ね》をしてくれるんだな?」

いきなりバスルームのドアを開いて現れた宇津木の姿に、九鬼《くき》が驚いたのは一瞬だけだった。

それなりに覚悟をしていたのか、裸体を隠すこともなく開き直った眼差《まなざ》しで宇津木の瞳《ひとみ》を見返す九鬼は、いっそ潔《いさぎよ》くもあった。

「九鬼、ふざけるな……。今の俺には、おまえの冗談につきあえるほどの余裕はない……」

「心配しなくても、ばれたからには誤魔化したりはしないさ。まぁ、最初に予想していたよりは、ばれるのが遅かったけどな」

そう言うと軽く肩を竦《すく》めてから、九鬼は流しっぱなしだったシャワーのコックを締めた。

　すると、その拍子に今までよりもはっきりと九鬼の背中が宇津木の目に入った。

　これまで、九鬼とは何度か身体《からだ》を重ねているが、何も身につけていない……いわゆる全裸の姿を見るのは、これが初めてだった。

　想像していたとおり、均整の取れた張りのある美しい身体つきをしている。

　ひどい火傷《やけど》の痕《あと》があると言っていた背中には、勿論《もちろん》そんな傷痕はなく、代わりに色鮮やかで凄味《すごみ》のある昇《のぼ》り龍《りゅう》の刺青《いれずみ》が、その白い背中の一面を彩《いろど》っていた。

「九鬼……」

　客観的に見れば、その刺青は九鬼をさらに妖《あや》しく艶《なま》めかしく見せていたが、宇津木には恋人が背中に何故《なぜ》そんなものを背負っているのかが、どうしても理解できなかった。

　否《いな》、理解することを無意識に拒んでいただけかもしれなかった……。

「そう、おっかない顔をするなよ。せっかくのイイ男が台なしだぜ？」

　九鬼の濡《ぬ》れた指先が伸びてきて、宇津木の頬《ほお》を撫《な》でようとするのを、険しい表情のままで避《よ》けると、九鬼は少しだけ悲しげな表情になった。

「……誰のせいだと思ってるんだ」

「まぁ、俺のせいだろうな」

肩を竦めてそう言った九鬼だったが、その表情には悪びれた様子はなかった。

「最近の若い連中のあいだでは、ファッションで小さな刺青を入れている奴も珍しくないそうだが、おまえのそれは、どう考えても堅気《かたぎ》が入れるレベルのもんじゃないだろう」

最近の若者がファッション気分で手軽に入れている刺青は、いわゆるタトゥーと呼ばれているマシーンによる洋彫りのことを主に指す。

しかし、九鬼の背中の龍は、素人目《しろうとめ》にも明らかな手彫りの『彫り物』だった。

「確かに、ガキのファッションと一緒にされちゃ敵《かな》わないな」

子供の遊びを鼻先で嘲笑《あざわら》うような九鬼の微笑には、宇津木が初めて目にする凄味が滲《にじ》んでいた。

「……とりあえず、そのままじゃ風邪をひく。詳しい説明は服を着てから聞く」

どうにか、このままでは全裸の九鬼が風邪をひいたら大変だと気遣うだけの余裕を取り戻した宇津木の言葉に、九鬼はフワリと嬉《うれ》しそうに笑った。

先ほどからの開き直ったようなふてぶてしい態度が嘘《うそ》だったように、その笑顔は宇津木がよく知る穏やかで優しい恋人のものだった。

「やっぱり、宇津木は優しいね」

「……リビングで待っている」

九鬼の言葉には直接答えずに、宇津木はバスルームのドアを閉めてリビングに戻った。

少し、一人で考えたいと思った。

バスルームでは決定的な言葉はあえて避けたが、九鬼の背中を彩る見事な刺青が指す意味など、普通に考えれば一つしかない。

（どうりで、自分の家族の話をしたがらないわけだな……）

おそらく、したくないのではなく、できなかったというのが正しいのだろう。

鏡子《きょうこ》が持ってきた写真の中に、九鬼がある男と写っているものを見つけた時から、宇津木はある程度の予想はしていた。

写真の中で、九鬼と一緒にいたホスト風な優男……。

彼は、株式会社ワンズソフトの社長である一之瀬仁志《いちのせひとし》だった。

以前に、宇津木が経営する高級会員制クラブ『金環食《きんかんしょく》の月』の会員になりたいと申請してきたが、九鬼の忠告から一之瀬の会社が暴力団と関係があることがわかり、宇津木は彼の会員申請を断っている。

その一之瀬と、九鬼がホテルで商談をしていたというのだ……。

同じ新進気鋭のＩＴ企業を経営しているという共通点はあるものの、あの時の九鬼の一之瀬へ対する評価を考えると、彼らが懇意にしているとは思えなかった。

（……それとも、別件の商談か？）

九鬼の背中の刺青を見てしまった今となっては、いったいなんの商談かわかったものじゃないと宇津木は皮肉げに苦笑した。

正直に言えば、それ以外にも九鬼に関しては、宇津木には以前からいくつか気にかかっていたことがあった。

彼が仕事が多忙で会えないという時には、決まって宇津木からは九鬼に連絡が取れなくなる。

会社に電話しても、社長は留守にしておりますの一点張りで、連絡先は教えてくれない。

しかも、そういう時は会社だけではなく、自宅であるはずのマンションに電話しても繋《つな》がらなかった。

長期出張中だったから連絡できなかったのだと、九鬼はいつも申し訳なさそうに宇津木に説明していたから、あえて追及することもしなかったが、やはり妙だと言えば妙だった。

じつは、これまでに何度か、宇津木は約束なしで九鬼のマンションに立ち寄ったことがある。

しかし、そのたびに、訪ねたのがずいぶんと遅い時間だったのにもかかわらず、九鬼はマンションには不在だった。

その日の昼間に電話で話していたり、後日、さりげなくその日の予定を確認したりしてみた結果、九鬼が出張中でマンションを留守にしていたわけではないことはわかっている。

（考えてみれば、最初にここを訪れた時からずっと、なんて生活感のない部屋だとは感じていたんだよな）

相変わらず、寒々しく無機質なほどに整えられた空間を見渡しながら、宇津木はそう思った。

そんな諸々《もろもろ》の事情を踏まえて、なんとなくではあったが、もしかすると九鬼にはこのマンションの他にも、別に住み処《すみか》があるのではないのかと宇津木は考えるようになった。

それは実家かもしれないし、もしくは他の同じようなマンションかもしれない……。

どちらにしても、このマンションが九鬼の本来の住み処ではないのは確かだろうと、いつ来てもほとんど空っぽの屑入《くずい》れや、最低限の飲み物しか入っていない冷蔵庫を見て宇津木は思った。

九鬼に隠し事をされていることには気づいていたが、まさかこんなことになるとはと、宇津木は自嘲《じちょう》するように嘆息しながら、いつの間にか背後に立っていた気配へと呟《つぶや》く。

「……いったい、何が目的で俺に近づいた？」

振り返ると、見慣れた黒いバスローブ姿の九鬼が、覚悟を決めたような潔い眼差しで立っていた。

「それなら、高校時代からずっと、宇津木が好きだったと俺は言ったはずだが……」

確かに、再会してからの九鬼は、そう言って宇津木のことを口説いた。

そして宇津木自身も、高校生の頃から九鬼に惹《ひ》かれていたので、自分でも意外なほどあっさりと彼の気持ちを受け入れることができたのである。

けれど、今となっては九鬼の気持ちを、これまでのようになんの疑いもなく信じることが宇津木には難しかった。

「まぁ、いい。その話は、まずは後回しだ。今はとにかく、おまえの本当の正体を知りたい。俺には、知る権利がある。違うか？」

九鬼にソファーへ座るようにと促すと、宇津木は彼の向かいの席へと腰かけた。

いつもなら並んで腰をかけるのだが、今夜はさすがにそんな気分にはなれなかった。

そんな宇津木の態度に、九鬼は一瞬寂しそうな表情をしたが、すぐに気を取り直すと宇津木の質問に答えるために口を開いた。

「……わかってる。もう、隠すつもりはないよ。宇津木、おまえは関東鬼同会《きどうかい》って暴力団のことは知ってるか？」

「知っているも何も、関東圏最大と言われている暴力団だろう。最近も、関西の澤口組《さわぐちぐみ》との揉《も》め事《ごと》で世間を騒がせている……」

ちょうど、今朝も秘書の斑鳩《いかるが》とのあいだで、鬼同会と澤口組の争いのことが話題になったばかりだった。

「ああ、知っているなら話は早いな。そこの現会長が、俺の親父《おやじ》だ。そして俺の鬼同会での肩書は、そこの若頭《わかがしら》ってことになるな」

話の流れから言って、まずそんなところだろうと宇津木も覚悟は決めていたが、やはりはっきりと九鬼の口から聞かされるとショックは大きかった。

（あの刺青から見て、堅気ではないとは思っていたが……）

よりにもよって、関東圏最大と呼ばれている関東鬼同会の次期後継者なのかと、宇津木は頭を抱えたいような気持ちになった。

「……それじゃあ、ナインズ・ファクトリーの代表取締役だというのは嘘だったのか？」

あの肩書はどういうことなのだと、宇津木が溜《た》め息《いき》混じりで訊《たず》ねると、九鬼はゆるりと首を振って「嘘じゃないさ」と答えた。

「ナインズ・ファクトリーが、鬼同会のフロント企業ってだけで、俺があの会社を立ち上げたことにも、俺自身の肩書にも嘘はないよ。それに、フロントとはいえ、会社の経営に関して後ろ暗いことはいっさいないと誓ってもいい」

九鬼の眼差しは真っ直《ます》ぐで揺るがないものだったから、宇津木も視線を外さずに目の前に座る相手の、やはりこんな時でも美しくて魅力的だと感じずにはいられない顔を見返した。

「……ワンズソフトの一之瀬社長とは、以前からの知り合いだったのか？」

鏡子から渡された写真を、九鬼の前のテーブルの上へと放《ほう》る。

九鬼は、写真を目にした瞬間、驚いたように大きく目を見開いた。

「まさか、俺の身辺を調べたのか？」

九鬼の責める口調に、宇津木は「それは違う」と即座に否定した。

「勘違いしないでくれ。調べたのは俺じゃなく鏡子だ。あいつが俺との別れ話に納得できなくて、俺の身辺を興信所に依頼して調査させた。そして、俺とおまえの関係を知ったらしい。この写真は、あいつが俺のところに持ち込んだ調査資料の中に交じっていたものだ」

写真をテーブルの上から拾い上げた九鬼は、苦い表情で「そうか……」と呟いた。

「ワンズソフトは、鬼同会傘下《さんか》の爪牙《そうが》会のフロント企業だ。一之瀬と一緒に写っているのが、爪牙会の会長の橋爪《はしづめ》。元は、鬼同会の若頭だった男だ」

「あのレストランで、おまえと会っていた男だな？」

爪牙会の会長である橋爪とは、宇津木が鏡子とレストランで食事をしていて九鬼と鉢合わせた時に、彼が商談相手だと言っていた中年の男のことである。

確かに、普通のサラリーマンにしては、やけに目つきの鋭い男だと思っていたが、やはりヤクザだったのかと、宇津木は納得した。

「最近は、ヤクザも頭を使わないと生き残れない時代でね。そういう意味では、ネット上で手軽く商売のできるIT企業は、恰好《かっこう》のフロントなんだ。鬼同会では定期的に、俺が中心になってその傘下の暴力団に、起業のノウハウを講習している。この写真は、その打ち合わせの時のもんだろうな。一之瀬は、元は爪牙会の息のかかった新宿《しんじゅく》のホストクラブでナンバー1だった男だ。国立大出身の頭を買われて、ホストを引退後に爪牙会で引っ張って起業させたってわけさ」

躊躇《ためら》うことなく、宇津木が質問していない鬼同会の内情のことまで説明する九鬼の姿に、宇津木は訝《いぶか》しげに眉《まゆ》を寄せる。

カッシーナのソファーに腰をかけて、バスローブ姿で優雅に長い脚を組んでいる九鬼の姿は、既に宇津木にとっては見慣れたもののはずだったが、これまでの穏やかな清廉さを脱ぎ捨てた今の彼の姿には、恋人を前にした媚《こび》や甘えはまったく見受けられなかった。

「おまえ、喋《しゃべ》り方《かた》や態度までこれまでとは違ってるようだが、こっちが素か？」

正直に言えば、再会してからの宇津木に優しくて献身的な九鬼の姿よりも、今の偉そうにソファーに踏ん反り返っている九鬼の姿のほうが、高校時代の九鬼の印象から考えれば宇津木には違和感がなかったりする……。

だから、今の目の前の九鬼の姿こそが彼の本性なのだとしたら、それはそれで素直に納得することができた。

「……まぁ、おまえの前では猫を被《かぶ》っていたことを否定する気はないよ。少しでも好きな相手に好かれたいと思う、健気《けなげ》な男心だと思って勘弁してくれ」

殊勝な口振りを装《よそお》ってはいたが、九鬼の態度はどこか投げやりなものだった。

「その台詞《せりふ》、俺は本当に信じてもいいのか？」

宇津木が戸惑いながらもそう訊《たず》ねると、九鬼は何を思ったのか、突然クスクスと肩を揺らして笑い出した。

「はっ、まさか、そんなわけがないだろ！　宇津木、本気でヤクザがなんの下心もなしで、おまえに取り入ったとでも思ってたのか？　さすがは苦労知らずのお坊ちゃんのことだけはあるな。人がいいにもほどがある」

「九鬼……」

まさしく豹変《ひょうへん》したと表現するよりほかにない様子で、九鬼は呆然《ぼうぜん》とする宇津木のことを笑い飛ばした。

「金持ちの青年実業家じゃないおまえに、俺が本当に興味を持つと思ってたのか？」

これまでの清廉な好青年の顔を脱ぎ捨てて、九鬼は美しいが獰猛《どうもう》な顔で宇津木のことを嘲笑《あざわら》った。

「……暴力団の幹部にとっては、俺は利用価値のある男だったというわけか？」

九鬼の正体を知った時から、うすうすそんな疑心の気持ちは宇津木の中にもあった。

もしも宇津木が、平凡な一介のサラリーマンだったら、はたして九鬼はこれほどまでに熱心に自分にアプローチをしてきただろうか？

宇津木は、恋人の正体がヤクザだとわかったからと言って、すぐに愛情が冷めるほど軽い気持ちで九鬼を愛したのではなかった。

けれど、九鬼の本心はどうなのだろう？

その疑惑の答えを、こんなかたちで告げられた今でも、宇津木には九鬼が自分を利用するためだけに近づいてきたとは思いたくはなかった。

「まぁ、そんなところかな」

軽い口調で肩を竦めた九鬼に、宇津木は身を乗り出すようにして「だったら……」と呟いた。

「高校時代から俺のことが好きだと言ってたのも、嘘なのか?」

再会してから何度も告げられた言葉も、すべて嘘なのかと宇津木は探る眼差しで九鬼の端正な顔を窺《うかが》う。

「……おまえの顔や身体が好みのタイプだったのは事実だけど、それ以上でもそれ以下でもないよ。正体がばれた今となっては、どうせ何を言っても言い訳にしかならないだろうしな。ようするに、遊びの時間もおしまいってわけだ」

九鬼の、吐き捨てるような投げやりな言葉を聞けば聞くほど、宇津木には何故だか彼がわざと自分に嫌われようと振る舞っているように思えてならなかった。

「……俺を、ただ利用するためだけに近づいたんなら、どうして一之瀬が暴力団と繋がりがあることを俺に教えたりしたんだ? あいつがおまえのところの暴力団の傘下の人間なのだとしたら、あのまま黙っていたほうが、おまえにとっては何かと都合が良かったんじゃないのか?」

バスルームで九鬼の背中を見た時の衝撃は、もう宇津木の中では薄れてしまっている。

確かに、頭の中ではいくつかの「何故？」と「どうして？」が浮かんでいたが、九鬼がやさぐれた素振りをすればするほど、宇津木には彼が無理をしているようにしか見えなかったからだった。

「あの時は、まだおまえの信頼を失いたくなかったからな」

宇津木が彼に向けている眼差しに何を感じたのか、九鬼は視線を避けるように俯《うつむ》いた。濃い睫毛《まつげ》が、白い頬に影を映す。

「何もかも、俺の信頼を獲得するために計算ずくだったというのか？」

「……ああ、そうだ」

学生時代はずっとクールで冷静だと思っていた九鬼が、意外に感情豊かであることを、宇津木は再会してから知った。

先ほどの、豹変した姿を見た時は驚いたけれど、今のこうして何かに耐えるように瞳を伏せている姿を見ると、やはり九鬼はわざと悪ぶって見せているだけだとしか宇津木には思えなかった。

（……自意識過剰と思われるかもしれないが……）

宇津木はどうしても、九鬼が打算的な目的だけで、自分に近づいてきたとは思えなかった。

「それで、おまえの正体を知った俺は、もう用済みか?」

自分でも思いがけないほどの優しい声でそう問うと、それまで顔を伏せていた九鬼は、まるで弾《はじ》かれたように顔を上げた。

そして、そこにあった宇津木の慈《いつく》しむような表情を見て、強く唇を嚙《か》み締《し》めたのだった。

「知っているかもしれないが、俺も何かと多忙でね。利用価値の失せた男と、いつまでも遊んでいるほど暇じゃないんだ」

胸裏で激しく何かと葛藤《かっとう》しているような表情で、それでも九鬼は口では気丈に辛辣《しんらつ》な言葉を綴《つづ》る。

「とても、つい先刻《さっき》まで俺の下で色っぽい喘《あえ》ぎ声《ごえ》を上げていた人間の言葉とは思えないな」

揶揄《やゆ》する口調で、けれど眼差しは柔らかく眇《すが》めたままで宇津木がそう呟くと、九鬼はそれを振り切るように強い眼差しを宇津木へと向けてきた。

「……あれは、最後のサービスだと思って忘れてくれ」

「まるで、最初から今夜は別れ話をする覚悟でいたような顔をしているな」

宇津木の苦笑混じりの言葉に、九鬼の肩が一瞬ギクリと揺れたのを、宇津木はけして見逃さなかった。

（なるほど、図星ってわけだ）

絡《から》み合《あ》った視線を、どちらからも逸《そ》らすことができずに暫《しば》くのあいだ見つめ合っていたが、リビングのテーブルの上に置いてあった九鬼の携帯が鳴ったことで、結局は九鬼が先に宇津木から視線を外した。

「すまない、少しだけ待っていてもらえるか……」

「……ああ、構わない。さっさと電話に出たらどうだ」

宇津木はもとより、このままおとなしく九鬼を残して帰るつもりはなかった。

九鬼は、複雑な視線を宇津木に向けたままで携帯電話に出たが、相手の第一声を聞いた途端に血相を変えた。

「わかった！　俺もすぐに用意するから、おまえらはそのまま外で待機していてくれ」

電話での会話はごく短いものだったが、電話を切った後の九鬼の様子は、明らかに尋常ではないものだった。

「どうした、何かトラブルか？」

宇津木の問いに、九鬼はハッと我に返ったような表情になったが、その琥珀色《こはくいろ》の瞳は先刻の電話によってもたらされた何らかの事情のせいで不安定に揺れていた。

「……すまない、やはりおまえとはもう会えない！」

会わないではなく、会えないと叫んだ九鬼に、宇津木は訝しげに眉を寄せた。

「何があった？」

しかし、九鬼は疑問を向ける宇津木から視線を無理やり逸らすと、慌ただしくリビングを横切って寝室へと入っていく。

「おい、九鬼……。急にどうしたんだ？」

寝室まで宇津木が追っていくと、九鬼はバスローブを脱ぎ捨てクローゼットから着替えを取り出しているところだった。

もう隠す必要がなくなった背中の龍を晒《さら》したままで、九鬼は宇津木の視線を意識することもなく、黙々と下着を身につけスーツに着替えていく。

器用にネクタイを結び終え、スーツの上着を羽織ったところで、九鬼はようやく寝室の入り口で立ち止まったままだった宇津木のことを振り返った。

「ここ最近、鬼同会と澤口組の間で小競《こぜ》り合《あ》いが増えていることは、宇津木も知ってるだろ？」

「ああ、ニュースや新聞の情報だけではあるが、いちおう知ってる」

宇津木の答えに一つ頷《うなず》くと、九鬼は入り口に立っていた宇津木の肩を押すようにしてリビングへと移動した。

　リビングのサイドボードの上に置かれていたフランク・ミュラーの腕時計と、いつも掛けているフレームなしの眼鏡を身につけると、そこには宇津木がすっかりと見慣れた若き実業家としての九鬼亮司《りょうじ》の姿があった。

　彼の正体を知った今でも、こうして見るととても九鬼がヤクザとは思えない。

（確かに、背中には刺青を背負ってるし、若頭としての肩書も持っているが、九鬼自身はやはりあくまでも実業家としての立場を優先しているんじゃないのか？）

　宇津木は、九鬼が物騒な家業とは肩書だけでほとんど関《かか》わり合《あ》いがないのではないかと、そう感じていた。

　だが、そんな宇津木の予想は、九鬼の口から発されたあまりにも物騒すぎる現実のせいで打ち砕かれることとなった。

「内緒にしていたが、今夜の俺の事故も仕掛けてきたのは澤口組の連中だ。やつら、俺だけじゃなく他の鬼同会の幹部のことも襲撃したらしい。幸い大事には至らなかったようだが、このまま行けば全面戦争にもなりかねない。俺の傍《そば》にいると、宇津木にも迷惑がかかるかもしれない……。当分は、会わないほうがいい。いろいろとみっともないところを見せてすまなかった、宇津木」

やけに他人行儀な様子で自分に向かって頭を下げる九鬼に、宇津木は複雑な表情になる。

けれど、抗争に発展したら宇津木に迷惑がかかることを、九鬼がずっと懸念《けねん》していたのだとしたら……と考えると、宇津木は九鬼のことを愛《いと》しく思わずにはいられなかった。

(こっちが本音か?)

「……九鬼、おまえは大丈夫なのか? 襲撃とか抗争とか……。俺にはピンと来ないが、ひどく危険なんじゃないのか?」

下手をすれば、命に関わるような事態にもなりかねないのではないかと、宇津木は九鬼の肩を摑《つか》んだ。

「俺のことは心配いらない。それよりも、ごめん宇津木……。今夜はもう帰ってくれ。すぐにタクシーを呼ぶから」

九鬼は、宇津木から視線を逸らすように俯くと、普段の冷静な彼らしからぬ急《せ》いた口調でそう言った。

「……どっちにしても、俺はおまえに振られるのか?」

宇津木は、自分でも意外なほど優しげな声音で、目の前で辛《つら》そうに長い睫毛を震わせている九鬼へと囁《ささや》いた。

「宇津木、俺は……」

「押して駄目なら、今度は引いてみる。見事な駆け引きだな、九鬼。まぁ、それにまんまとはまった俺も俺だけどな」

妙な話ではあるが、九鬼が宇津木のことを案じて身を引こうとしていると気づいた瞬間に、宇津木は逆にこの先も九鬼を愛し続けるという覚悟が決まった。

「違う、俺はそんなつもりなど……」

「まったくなかったと、おまえは本当に断言できるのか？　それに、今さらおまえが俺のことを思いきることができるとでも思っているのか？　俺に惚《ほ》れているくせに、無理をするな」

そう宇津木が傲慢《ごうまん》に言ってのけると、九鬼は一瞬大きく目を見開いた後に呆《あき》れたように苦笑した。

「呆れたな、すごい自信だ」

九鬼の青褪《あおざ》めていた顔色が、ようやく通常に戻ったことに宇津木は安堵《あんど》した。

「なんだ、俺は間違っているか？」

「……いや、間違ってない。そうだな……結局、俺は宇津木に惚れているんだろうな……」

口には出さずに、宇津木も心の中で「俺もおまえに心底惚れている」と答える。

「だったら、身を引こうなんて考えるな。とりあえず、おまえの身辺が落ち着くまでは連絡を控えるが、一段落したら絶対に連絡を寄越せ。いいな?」

腕を引き寄せ、九鬼の痩身《そうしん》を抱き締める。

この淫《みだ》らで魅力的な身体に、当分触れることができないと考えると、宇津木は自分でも驚くほどの渇きを覚えた。

「わかった……。かならず連絡する、約束するよ」

九鬼の真摯《しんし》な口調と眼差しに頷き、宇津木はタクシーなら自分で適当に拾うからと言い残して、今度こそ恋人のマンションを出た。

おそらくは、九鬼が宇津木を突き放そうとしたくらいなのだから、事態は門外漢の彼には想像できないほどに深刻なのだろう。

ここで別れたら、本当に当分のあいだは顔を見ることもできないだろうと考えると、九鬼と別れることは名残惜しかったが、彼の様子から急いでいることがわかったから、宇津木はあえて物分かりのいい顔でマンションを出てきたのだった。

(……馬鹿《ばか》だな、俺は……)

こんな時まで、恰好《かっこう》をつけている場合ではなかったと後悔したが、やはり九鬼の負担にだけはなりたくなかった。

　九鬼は宇津木の迷惑になることを心配していたようだったが、彼の立場を考えると、宇津木の存在こそ九鬼のウィークポイントになりかねないのではないかと不安になる。

（だからって、それで別れられるほどの思いなら、最初から男になんて手を出してない）

　マンションの外に出ると、そこには黒塗りのベンツが停《と》まっていて、堂島が車の傍《かたわ》らに憮然《ぶぜん》とした顔つきで立っていた。

　お世辞にも友好的とは言えない視線を宇津木に注ぎながら、それでも堂島は「途中まで車でお送りします」と声をかけてきた。

「いや、いろいろと立て込んでるようだから、俺には気を遣ってくれなくて結構だよ。大きな通りに出て、適当に流しのタクシーでも拾うさ」

「……お気遣い、申し訳ありません」

　慇懃《いんぎん》無礼《ぶれい》に頭を下げる相手に、軽く片手を上げてその場を去ろうとした宇津木だったが、「宇津木さん」と思いがけず引き止める声を聞いて、訝しげに背後を振り返る。

「何かな？」

「差し出た口を利《き》くとはお思いでしょうが、どうか何があってもうちの社長を悲しませるような真似だけはしないでください」

お願いしますと深く頭を下げる男が、九鬼の正体を知って、宇津木が彼から離れていくことを憂慮しているのだと気づいて、思わず宇津木は苦笑する。

「九鬼がヤクザだと知ったら、俺が彼を見捨てるとでも思ったのか？」

「……！」

ハッとしたような表情で顔を上げた堂島に、宇津木は薄く笑って「心配するな」と肩を竦めた。

「それよりも、あいつのことを守ってやってくれ、頼む……」

今度は逆に、宇津木が堂島へと頭を下げる。

我に返った堂島が、心持ち悔しげな様子でチッと小さく舌打ちしたのを、宇津木は聞き逃さなかったが、それに関しては賢明にも聞こえなかったふりをした。

「あなたに言われるまでもなく、社長のことは私が命に代えても守り抜いてみせます」

「命に代えて、ね……。とりあえず、そんな物騒なことにならないように祈ってるよ」

今度こそ、堂島に背中を向けて宇津木は歩き出す。

（今夜、はっきりとわかったことが二つある）

一つは、ずっと何かを自分に隠していると感じていた九鬼の隠し事が、彼の正体が関東最大と謳《うた》われている暴力団の跡継ぎであったこと。

そしてもう一つは、堂島が九鬼に対して、どうやらただの上司と部下以上の感情を抱いているらしいこと……。

（どうりで、俺への態度がいつも険悪なわけだな）

以前から、嫌われているような気はしていたが、恋敵として見られていたのだとしたら、それも仕方がないなと宇津木は嘆息する。

しかも、情けない話ではあるが、その恋敵に恋人の身柄を託さなければいけないときている。

「……覚悟か」

九鬼のためなら、自分の命を投げ出すことも厭《いと》わないとあっさりと口に出すことができる堂島を、宇津木は妬《ねた》ましく感じた自分が悔しかった。

途中で一度だけ足を止めて、宇津木は背後を振り返った。

既に、九鬼の住む高層マンションは、遠くシルエットにしか見えなかったが、宇津木は恋人の無事を心の底から祈らずにはいられなかった。

宇津木が九鬼のマンションで彼と別れてから三日が過ぎた。

その間、テレビのニュースや新聞では、相変わらず鬼同会と澤口組の小競り合いが取《と》り沙汰《ざた》されていた。

幸いなことに、今のところはまだどちらの組にも大きな被害は出てないようだったが、このままでは本格的な抗争に発展するのも時間の問題だというのが、大方の事情通の意見らしい……。

落ち着いたら、九鬼のほうから連絡をくれる約束にはなっていたが、やはり心配だったので宇津木から何度か九鬼の携帯に連絡を入れてみた。

しかし、電話には出ないし、勿論メールの返信もない。

会社のほうに電話しても、やはりというか九鬼とは連絡がつかなかった。

(実家に戻っているのかもしれないな……)

おそらく、あちこちで起こっている澤口組との揉め事の事後処理にでも奔走しているのだろう。

「社長、細谷《ほそや》副社長が、内々のお話があるそうです」

内線電話を受けた斑鳩が、あからさまに胡散臭《うさんくさ》そうな表情でそう告げるのに、宇津木は思わず失笑しながらも「入ってもらえ」と促した。

「あと、おまえにはちょっと頼みたいことがあるんだが……」

そう言って宇津木が密《ひそ》かにある指示を出すと、斑鳩は「お任せください」と大きく頷き請け負ってくれた。

「副社長には、お茶を出さなくてもいいですよね。先日仕入れたいい茶葉があるんですが、味覚音痴の副社長にお出しするには勿体《もったい》ないものですから」

宇津木は、「好きにしろ」と答えながらも、思わず苦笑してしまった。

どうも斑鳩は、先代が存命の頃から細谷とは馬が合わないらしく、彼に対する評価が厳しかった。

とはいえ、正直に言えば宇津木自身も叔父に関しては、あまりいい感情は持っていない。

否、ここ最近の細谷の行状を考えると、忌々《いまいま》しささえ覚えるほどだった。

（……そろそろ、潮時かもな）

宇津木がそんなことを考えているうちに、傲慢な態度を隠しもせずに細谷が社長室へと入ってきた。

「義国《よしくに》、邪魔をするぞ」

「……これは叔父上、やけに改まった様子でどうしましたか？」

細谷は、公の場以外では、宇津木の名を呼び捨てにしている。

年若い甥《おい》っ子《こ》を、社長と敬う気持ちが最初からないからだった。

「じつは、ちょっとおまえに関して不穏な噂《うわさ》を耳にしてな」

宇津木に勧められる前に、勝手に来客用のソファーへと腰をかけると、細谷は口元に思わせぶりな笑みを浮かべながら、そういきなり切り出してきた。

「へぇ、不穏な噂ですか。それは興味深いですね」

眉宇《びう》を寄せて、宇津木が先を促すと、細谷はわざとらしくもったいぶった顔つきで口を開いた。

「……おまえ、なんでも関東鬼同会の若頭をやっている男と交友があるらしいじゃないか。よりにもよって、ヤクザと親しいなんて、どういうつもりなんだ？」

咎《とが》める口調を繕ってはいるが、細谷の瞳には明らかに宇津木が九鬼と親しくしている事実を喜んでいるらしい色が浮かんでいた。

「どういうつもりも何も、彼とは高校時代の同級生ですよ」

細谷が、いったいどこまで知っているのかはわからなかったが、自分の口から具体的に九鬼の名を出すことを宇津木は警戒した。

とりあえず、当たり障《さわ》りのない事実のみを述べたのだが、残念ながら叔父にはこの宇津木の答えが不満だったらしかった。

「しらばっくれるな、義国。おまえがその男と、ただの学友以上の親密な関係にあることは、とっくに調べがついてるんだ。とはいえ、最初に話を聞いた時は、俺も正直耳を疑ったがな。まさかおまえに、そっちの趣味があるとは思ってもいなかった。いくらキレイな顔をしてたって、しょせんは男だろ。おまえの相手は、ヤクザのくせにオカマなのか？気持ちの悪い……！」

口汚く九鬼のことを罵《ののし》る細谷の姿に、宇津木も険しい表情で反撃する。

「何も知らないくせに、わかったような口を利かないでください。彼を侮辱することは、誰だろうと俺が許さない！」

叔父が九鬼と宇津木が特別な関係にあることまで知っていたのには、さすがに少しばかり驚いたが、鏡子との一件を考えると、いつかこういうことがあるかもしれないという可能性を、ある程度は覚悟していたので衝撃は思っていたよりも少なかった。

「はっ、自慢の一人息子が、オカマのヤクザに骨抜きにされてるなんて知ったら、先代はあの世で泣いてるだろうな」

宇津木が思いのほか冷静なことに、細谷は予想が外れて逆に動揺したようだった。

慌てたように、亡《な》き先代のことまで引っ張り出してきたが、宇津木が動じることはなかった。

恋人のことを『オカマのヤクザ』呼ばわりをされた怒りで、至って冷静な気持ちになったくらいである。

「さぁ、どうでしょうね。父は、あなたのように狭量な人間ではなかったので、真剣に話せばきっとわかってくれたと思いますよ」

事実、宇津木の父親は、度量の大きな人間だった。

経営者としても、父親としても、とても有能な男だった。

「……相変わらず、我が甥ながら可愛《かわい》げのない口を利く男だ。まぁ、いい……。おまえがこのままヤクザの恋人といちゃつきたいというなら、好きにすればいいさ。ただし、それには一つだけ条件がある」

宇津木がいっこうに動じないので痺《しび》れを切らしたらしい細谷は、些《いささ》か焦《あせ》ったような早口で、そう強引に話を進めてきた。

「はっ、何を言い出すのかと思えば……。一方的に好き勝手に話を進めておいて、いきなり何が条件だというんですか？」

呆《あき》れ果てたと言わんばかりの表情で、宇津木は目の前に座る叔父の顔を軽蔑《けいべつ》するような眼差しで見下ろす。

若い頃に柔道をしていたとかで、横幅はそれなりにガッシリしていたが、百九十センチ近い長身の宇津木と比べると、細谷は頭一つ分ほど小柄である。

立っていても座っていても、体格で上回る宇津木のほうが、当然ではあるが視点が高いので、叔父を見下ろす形になるのはいつものことだったが、プライドの高い叔父にはそれがどうにも我慢できないらしかった。

それを知っているからこそ、わざと普段よりも上から見下《みくだ》すように視線を向けると、細谷は怒りと屈辱のためか、顔を真っ赤にして怒鳴った。

「おまえがヤクザと親密交際中なことは、まだ他の重役連中には漏れてない！　でも、奴らに俺がこのことを話せば、おまえの社長としての立場はかなり危うくなるぞ！　それでも、いいのか⁉」

細谷はすっかりと存在を忘れているようだが、社長室の中には秘書である斑鳩の姿もある。

既に、九鬼との関係だけではなく、九鬼の正体がヤクザであったことも斑鳩には打ち明けてあるので、彼に聞かれて困るようなことは宇津木にはなかった。

(だが、叔父はどうなんだろうな？)

これは、いわゆる恐喝の現場である……。

斑鳩が、嫌悪感《けんおかん》も露《あらわ》な表情で、彼らの会話の一部始終を聞いていることに危機感はないのだろうか？

（想像以上に、愚かな男だったということか……）

「……それで、俺を脅してどうするつもりなんですか？」

まともに相手をするのも面倒くさいと思いながらも、仕方がないので宇津木が話の続きを促すと、細谷は途端に目の色を変えて前へと乗り出してきた。

「おいおい、脅すなんて人聞きの悪いことを言うなよ。これは、正当な取引だ。おまえのちょいと特殊なプライベートには目を瞑《つぶ》るかわりに、この会社の利権を俺に半分寄越せばいい。そうだな、共同経営者って名目でも構わないぞ」

あまりの図々《ずうずう》しさに、九鬼は叔父を鼻先で笑った。

「……俺が、そんな取引を受けると、本気で思っているんですか？」

だとしたら、とんだ愚か者だなと、宇津木が失笑しながら肩を竦めると、細谷はやけにギラギラとした眼差しで、ニヤリと不敵に笑んだ。

「ふん、強がった口を利けるのも今だけだ。その気になれば、ほかにもいくつか、おまえをリコールに追い込めるだけのネタは用意してあるんだからな」

（ネタねぇ……）

細谷がいったいどういうつもりでそんなことを言ったのかは知らないが、身に覚えがないものはリアクションのしようもない。

「はっ、ありもしないことを捏造《ねつぞう》でもする気ですか？　あなたの考えそうなことですね」

呆れたような苦笑を浮かべた宇津木に、細谷は顔を引《ひ》き攣《つ》らせながらも嘯《うそぶ》くことをやめなかった。

「……まぁ、さすがに、今すぐに答えを寄越せとは言わない。一週間の猶予をやるから、そのあいだによく考えてみるんだな」

あくまでも強気な態度を崩さない細谷に、宇津木は深く嘆息した。

「猶予ねぇ……。いいんですか？　もしかすると、一週間後に泣きを見るのは、あなたのほうになるかもしれませんよ？」

我が叔父ながら、この男は駄目だと、宇津木はそう思った。

宇津木が、何も気づいていないと思っている時点で、もうどうしようもない。

「なっ、どういう意味だ？」

宇津木の哀れむような眼差しにようやく気がついたのか、細谷は表情を険しくした。

最近になって、急激に退行を始めた額の生え際に、びっしりと汗を浮かべながら、落ち着きなく両脚を揺らしている様は威厳の欠片《かけら》もなく滑稽《こっけい》でさえある。

「何も、相手を脅せるだけのネタを摑んでいるのは、あなただけではないってことです。俺をあまり見くびらないでほしいですね。あなたが裏でコソコソ動いていることに、俺がまったく気がつかないボンクラだとでも思っていましたか？　いざ事が公になれば、俺よりもむしろ、あなたのほうが危機的状況になると思うんですが……。違いますかね、叔父上？」

組んだ長い脚の上で頬杖《ほおづえ》をつきながら、宇津木はニヤリと獰猛《どうもう》に笑った。

暗に、相手を脅すネタを握っているのはあんただけではないのだと、宇津木は視線を泳がせ始めた叔父へと告げる。

「お、おまえが何を言っているのか、私にはさっぱりわからん。とりあえず、今日の話はそれだけだ。続きは一週間後だ、いいな！」

焦った表情でソファーから立ち上がった細谷の様子は、自分から後ろ暗いことがあると白状しているも同様だった。

「……俺はべつに構いませんが、あなたはきっと後悔しますよ」

立ち上がって見送る気も起きなくて、宇津木はソファーで脚を組んだままで、汗が浮いた叔父の顔を不遜《ふそん》に見上げてそう言った。

「後悔だと？」

「ええ、俺にケンカを売ったことを、あなたはきっと後悔します」

これにはもう答えることなく、細谷はまるで逃げ出すように社長室から出ていった。

(……それこそ、親交のある『誰かさん』にでも、慌てて連絡を取りにいったというところか）

「どうやら、以前から馬鹿だ馬鹿だとは思っていましたが、本当の馬鹿野郎だったようですね」

斑鳩が、先刻からの嫌悪の表情そのままで傍らに立ったのに気づいて、宇津木は疲れたように笑いながら顔を上げた。

「ああ、まったく同感だな。あれと血が繋がっていないことだけが、俺にとっては救いというところか。ところで、ちゃんと録音はしていたんだろうな」

「ええ、抜かりはありませんよ。当然でしょう」

自慢げな様子で顎《あご》を反らす斑鳩を、宇津木は「よくやった」と労《ねぎら》った。

なんとなく細谷の訪問に悪い予感がしたので、斑鳩に頼んで細谷と自分の会話をマイクロレコーダーに録音してもらっていたのだった。

普段は、後で議事録を起こす時に役立てるように、会議の進行状況を録音するために常備しているものだったが、こんな形で役立つことになるとは、と宇津木は苦笑する。

万が一の時には恐喝の証拠になるだろうが、できることならこれを警察に提出しなければならない事態は避けたいとも思った。

「……それにしても、細谷副社長に社長と九鬼様の関係のことを吹き込んだのは、どこのどいつなんでしょうか？　自分で興信所を使ったのだとしたら、もう少し詳しい事情や、資料や写真などを……それこそ鏡子様のように持ち込んできそうなものですが……」

忌々しげな口調でそう指摘した斑鳩に、宇津木も同意するように頷く。

「さすがだ、よくそのことに気がついたな。叔父の口振りでは、九鬼が鬼同会の若頭であることは知っているが、その鬼同会の会長の息子だとまでは知らないようだった。俺と九鬼の関係も、誰かから聞いたのだとはっきりと言っていた。おそらく、叔父自身が調査したのではなく、何者かが叔父の元にわざと情報を届けた可能性が高いな」

宇津木は自分の推理を口にしながら、机の上に先日から継続して調査させていた細谷の身辺に関する調査書を広げた。

彼が、このあいだから斑鳩にも内緒で興信所に依頼して調査させていたのは、副社長である細谷の身辺、及び素行の調査だった。

どうも、社長である宇津木に内緒で、良からぬことを企《くわだ》てている疑いがあり、馴染《なじ》みの興信所に調査を依頼したら、案の定厄介な事実がいくつか判明した。

「斑鳩、俺は叔父を切るつもりでいる」

「……まぁ、経営者として賢明な判断と言えますでしょうね」

口は悪いが、有能で信頼のできる秘書に、近くに来るようにと手招きする。

「どういたしましたか？」

「この調査書、万が一俺に何かあった場合は、おまえが役員を招集してその場で提示しろ」

宇津木の言葉に、斑鳩は驚いたように目を見開いた。

受け取った書類に視線を落とし、そこに書かれている内容にザッと目を通すと、今度は顔色を変えて斑鳩は宇津木の顔を凝視した。

「社長、これはいったい……。ここに書かれていることは、本当に事実なんですか？」

「ああ、残念ながらな」

細谷があんな愚かな行動に出るとわかっていたなら、もっと早く手を打っておくべきだったと宇津木は後悔したが、勿論、今となっては後の祭りでしかなかった。

細谷は、宇津木に一週間の猶予をやると言った。

だが結局、約束の一週間を待たずに、細谷は卑怯《ひきょう》な手段で実力行使に出た。

どうしたのかと言えば、怪しげな交友相手に頼んで、宇津木を暴漢に襲わせたのである。

暴漢は、宇津木が全治一ヵ月の怪我《けが》を負いながらもその場で取り押さえて警察に突き出した。

できれば大事《おおごと》にはしたくなかったのだが、宇津木を襲った暴漢が関西最大の暴力団澤口組の構成員だったために、事件はニュースになった。

しかも、その逮捕された男が、宇津木が関東鬼同会と親交があるために襲ったのだと警察で証言したせいで、事件は最近頻発している鬼同会と澤口組の争いと関連づけてさらに大きく報道されてしまった。

こうなっては、宇津木も腹を括《くく》るしかなくなった。

死なばもろともと、叔父の細谷が澤口組と以前から懇意にしており、会社乗っ取りのために社長である宇津木を亡き者にしようと画策したことを、自らメディアに情報として流してやった。

この辺のことに関しては、入院中の宇津木の手足となって、斑鳩がじつによく働いてくれた。

しかし、どちらにしても上層部が暴力団と深い関係があると報道されたことで、企業の大幅なイメージダウンは免《まぬか》れなかった。

宇津木が怪我を負ったことで、傷害事件として警察も動いている。

自分と澤口組の関係が世間に露見したと知ったと同時に、細谷は家族を置いて一人で雲隠れしたが、捕まるのはおそらく時間の問題だった。

叔母や従弟《いとこ》たちには可哀想《かわいそう》なことをしたと思うが、彼らの今後の生活に関しては、宇津木も最低限の援助をすることは考えている。

とはいえ、宇津木自身もこの一連の不祥事の責任を取らなければいけないことを考えると、本当なら他人を案じている余裕などないはずだった。

（……まぁ、そのはずなんだがな……）

まさに最悪の事態と言ってもいいはずの状況に置かれているというのに、何故だか不思議と宇津木はせいせいとした気持ちでいた。

「ああ、母さん？　いろいろと心配をかけてゴメン……。おそらく、会社を手放すことになると思うけど、俺一人のことならなんとかなるから、母さんは俺のことは気にせずに、ゆっくりと養生することだけを考えて。そのうち、暇ができたら俺から顔を見せに行くから……。ああ、約束する」

もとよりお嬢様育ちで、浮き世離れをしている母親は、宇津木が会社を手放すことよりも、電話の向こうでただただ不慮の怪我を負ったという愛息子《まなむすこ》の身体ばかりを心配していた。

そして、それなりの修羅場《しゅらば》の後とは思えないほどに、穏やかでとりとめもない親子の会話を交わした後、最後に母親は一言だけ『幸子《ゆきこ》さんは、大丈夫かしら?』と叔母を案じてから電話を切ったのだった。

(……母さんは、最後まで俺が父さんの会社を手放すことになるかもしれないことについて、責める言葉を言わなかったな……)

それが、母親なりの優しさだとわかっているから、今の自分が妙に肩の荷が下りたような気持ちでいることに、宇津木は微《かす》かな罪悪感を覚えずにはいられなかった。

刃物で負った脇腹《わきばら》の怪我の大事をとってというよりも、むしろマスコミから身を隠すために病院の個室に籠《こ》もっている状態の宇津木は、それまで使用していた携帯電話をベッドの脇のテーブルの上へと置いた。

勿論、病院の中では携帯は使用禁止なのだが、それ相応の地位とお金を持っている訳アリの入院患者用の個室では、暗黙の了解として携帯電話を始めとする電子機器の利用は目を瞑られているのだった。

「さて、会社を辞めたら、何をするかな……」

当分は遊んで暮らせるだけの金は持っている。

暫くのんびりした後で、また新たに起業するのも悪くないかと、宇津木は不思議なほど宇津木コーポレーションの社長の地位に未練がない自分に、内心で呆れていた。

あれほど父親亡き後に、頑張って事業を拡大してきたはずなのに、何故これほどまでに会社を手放すことを惜しくないと考えているのか？

その疑問の答えは、ノックもなしにいきなり病室へと飛び込んできた、慌ただしい訪問者の姿を見たことで、すぐに宇津木にも確認することができた。

「宇津木、怪我は⁉　怪我は大丈夫なのか⁉」

血相を変えてベッドに駆け寄ってきた九鬼の顔を見るのは、あのマンションで過ごして以来だったから、かれこれ半月ぶりになる。

少し痩《や》せたような気もするが、九鬼は蒼白《そうはく》な顔をしていても相変わらず清廉で美しかった。

「おまえこそ、組の揉め事はどうなったんだ？　こんな所に出歩いて、平気なのか？」

「ああ、それに関しては、ようやく相手側と手打ちになって落ち着いた。おそらく、マスコミにもそのうち情報が流れると思う。そんなことより、宇津木の怪我は大丈夫なのか？」

九鬼に少し遅れて斑鳩と堂島も病室の中へ入ってきたが、宇津木に取《と》り縋《すが》るようにしている九鬼の姿を見て、気を利かせたのかすぐに二人とも部屋の外へと出ていった。

斑鳩はともかくとして、堂島のほうは相変わらず不機嫌そうな仏頂面《ぶっちょうづら》だったが、宇津木と視線が合うと軽く目礼をしてから部屋を出ていった。

「ああ、おかげさまで掠《かす》り傷《きず》だ。とはいえ、叔父が馬鹿な真似をしたせいで、会社のほうは傾きかけているけどな」

あえて、冗談めかした軽い口調でそう告げたのが良かったのか、九鬼は僅《わず》かに安堵した顔で深く嘆息した。

「……良かった。ニュースで事件を知って、俺……すごく驚いて……心配で……。本当なら、すぐにでも会いに来たかったけど……どうしても家を抜け出すことができなくて……」

ベッドの傍らで膝《ひざ》をつくと、九鬼は震える指先で宇津木の手を握り締めた。

「宇津木が、無事で本当に良かった」

今にも泣き出しそうに潤んだ瞳で見つめられて、宇津木は優しく微笑みながら九鬼の手を握り返した。

「なんだ、一時は振るつもりだった男のことを、そんなに心配してくれたのか？」

この半月というもの、九鬼とはまったく連絡が取れずにいた。

こうして怪我のせいで入院してからは、もしかすると九鬼はもう二度と自分とは会うつ

もりがないのではないかとも、宇津木は密かに懸念していたほどである。

（……まぁ、退院したら、是が非でも会いに行くつもりではいたけどな……）

とりあえず、関東最大と言われている暴力団事務所に乗り込む必要がなくなったことは、宇津木としては喜ばしいことだった。

「あれは、俺の事情におまえのことを巻き込みたくなかったからで……。でも、結局はこんなことになってしまって、俺はおまえになんと詫《わ》びていいのかわからないよ」

責任を感じているのか、悄然《しょうぜん》としている九鬼に、宇津木は自嘲するような苦い笑みを向けた。

「今回のことに関しては、べつにおまえの責任じゃないさ。馬鹿で愚かなうちの叔父が、勝手に画策したことだ」

「……でも、俺が宇津木とつきあってなかったら、きっとこんな大事にならなかった。ヤクザと親交があると世間に知られて、おまえにこんな肩身の狭い思いをさせることもなかったのに……」

それに関しては、今となっては本末転倒だとばかりに宇津木は笑い飛ばした。

「もう、その件に関しては諦《あきら》めもついているし、覚悟もしているからべつに構わないさ。それよりも、地位も名誉もなくなった俺に、おまえがまだ興味を抱いてくれるかが心配だな」

　宇津木の少しばかり皮肉めいた台詞に、九鬼は途端に傷ついた表情になる。

「……確かに、あの時はおまえを俺から遠ざけようと思って、地位と金が目当てだと言ったけど、そんなこと本当は思ってないよ。もしも俺になんらかの下心があるとしたら、今なら、こんなヤクザ者の俺でも、おまえが傍においてくれるんじゃないかって思うくらいだ」

　むしろ、自分の立場を考えると、宇津木の地位や金など邪魔でしかないと、九鬼は切なそうな表情で続けた。

「……九鬼」

「俺は、大企業の社長で金持ちだった宇津木に惚れたんじゃない。高校時代、周囲から『帝王』と呼ばれていた、傲岸で生意気な宇津木義国に惚れたんだ。再会してからも、その気持ちに偽りはないよ」

　九鬼の告白に、宇津木はそうかと言って頷いた。

　たとえ現在の相手の立場がどうであれ、この互いの恋心が、十年も前から続いていることには変わりがなかった。

「そうだな、当分の間はヤクザの愛人として、おまえに食わしてもらうのも悪くないかもな」

まんざら冗談でもなくそう言ったつもりだったのだが、九鬼は何故だか怒ったような顔で「馬鹿を言うな！」と言うと、宇津木のことを上目遣いで睨《にら》んだ。

「おまえは、俺のベッドの相手だけで満足しているような男じゃないだろう。俺はこれから、また新たなフロント企業を立ち上げるつもりでいる。宇津木さえ良ければ、経営を手伝ってほしいと思ってるんだ。勿論、おまえにその気があればだけどな」

照れ臭いのか、珍しく早口でそんなことを言う九鬼に、宇津木のほうも面映《おもはゆ》い気持ちになりながら口を開く。

「……ああ、悪い話じゃない。でも、今は少し考える時間が欲しい」

宇津木には、まだいろいろとしなければならない後始末が残っていた。

新たな出発をするのは、その諸々の後始末が終わってからである。

「無理強いはしないさ。それよりも、今の宇津木には休養が必要だと思う」

「そうだな……」

考えてみれば、父親の跡を継いでからは、満足に休養らしい休養を取った記憶がなかった。

時間がなくて、スイスで療養中の母親に会いに行くことさえもできなかったのだ。

　確かに、九鬼の言葉ではなかったが、今の宇津木には精神的にも身体的にも休養が必要なのかもしれなかった……。

「どうだ、休養がてら一緒に温泉でも行かないか？」

「おまえとか？」

　九鬼の申し出が、あまりにも予想外だったので、宇津木は驚いたように目を瞠《みは》った。

　宇津木とて、九鬼の背中の事情さえ知らなければ、ここまで驚いたりはしなかった。

　そんな宇津木の懸念を正確に読み取ったらしい九鬼は、屈託なく笑いながら「大丈夫だよ」と力強く請け合った。

「心配しなくても、部屋に露天風呂《ぶろ》がついている宿を選ぶさ。手配は全部俺のほうで済ませるから、おまえは何も心配しなくてもいいよ」

　そういえば、最近では部屋に小さな露天風呂がある旅館も多いのだったなと、宇津木は便利なものだと素直に感心した。

「……考えてみれば、温泉なんて、もう何年も行ってないな……」

　最後に行ったのは、確か大学のサークル旅行だったような気がすると、宇津木はしみじみとした口調で呟く。

　しかし、九鬼が僅かに妬ましげな口調で「俺なんて、これまでに一度も行ったことがないよ」と言ったので、宇津木は再び目を丸くした。

「え、そうなのか……?」

「だから、どうせなら初めてはおまえと一緒がいいと思ってた」

甘える素振りで、ベッドで上半身を起こしている宇津木の太腿《ふともも》の辺りに九鬼は頭を載せてきた。

ほとんど反射的に、その形のいい頭を撫でながら、宇津木は「それじゃあ……」と呟いた。

「……そこでなら、ちゃんと服を脱いだおまえを抱かせてくれるのか?」

「宇津木……」

今度は、九鬼が大きく目を見開く番だった。

「これでも、ずいぶんと前から結構気にしてたんだぜ。どうして、おまえはいつも俺にすべてを見せてくれないのか? 何故、俺にすべてを晒《さら》してくれないのかってな……。いちおう、理由はわかったわけだが、おまえが許してくれるなら、俺はもう一度おまえにちゃんと触れたいよ」

一度だけ目にした、あの九鬼の背中を彩る昇り龍が、宇津木が与える快楽でどんなふうに変化するのか、ぜひともこの目で確かめたかった。

「……嬉しい」

途端に艶冶《えんや》に色づく九鬼の琥珀色の瞳を見つめながら、宇津木は自分は結局、この美しい魔性に身も心も囚《とら》われたのだと、陶然としたような気持ちで思ったのだった。

# エピローグ

「……はぁ………んっ、あぁ………ん」

初めて包み隠さずすべてに触れることを許した白い身体《からだ》が、自分の下で淫《みだ》らに蠢《うごめ》く様に煽《あお》られる。

「いいのか……？」

答えを期待していたわけではなかったのだが、九鬼《くき》が目尻《めじり》に涙をためながらも素直に頷《うなず》いたので、宇津木《うつぎ》は切れ長の目を眇《すが》めて微笑《ほほえ》んだ。

何度も身体を重ねてきたが、宇津木が九鬼を抱くのは久しぶりだった。

病院を退院後も、男としてのケジメを兼ねた後処理に追われて、気がつけば約束していた温泉旅行の当日まで、九鬼と満足に顔を合わせる時間もなかった。

予定どおり宇津木コーポレーションの社長職を辞任した宇津木は、現在は次の起業の準備中である。

宇津木を追うようにして会社を辞めた斑鳩《いかるが》の尽力のおかげで、とりあえずはなんとか先の見通しはできたところだったが、こればかりは実際に起業してみるまではわからない。

それでも、なんとか九鬼と温泉旅行を楽しむ時間だけは捻出《ねんしゅつ》することができた。

そして、身体を重ねる時間どころか、キスをする時間さえもないままに、ようやく辿《たど》り着《つ》いた温泉旅館で、自慢の部屋つきの露天風呂《ぶろ》を楽しむ暇もなく、二人で床に縺《もつ》れ合《あ》って現在に至る。

どちらかといえば、性的には淡白なほうだと自負していたはずなのに、間近で九鬼の匂《にお》いを嗅《か》いだだけで、宇津木はあっけないほどに駄目になった。

（……つくづく溺《おぼ》れているな）

そんなふうに密《ひそ》かに自嘲《じちょう》しながらも、久々に触れる恋人の身体を蕩《とろ》けさせることに、宇津木はすぐに夢中になった。

とりあえず、いくら飢えているからとはいっても早急な行為で恋人を傷つけたくはなかったから、無駄のない筋肉の流れが美しい九鬼の片脚を胸につくほど折り曲げると、これから宇津木自身を受け入れてくれる密やかな窪《くぼ》みに二本目の指を差し入れて、内部をゆるゆると掻《か》き回《まわ》して解《ほぐ》してやる。

最奥《さいおう》が濡《ぬ》れて軟らかく蕩けるまで、宇津木は根気強く熱心に指で何度も中を掻き回した。

「やっ……あ、あぁん……」

過ぎる快楽に頭をもたげて、濡れて震える花芯《かしん》には、舌を絡《から》めて射精を促してやる。

けれど、何故《なぜ》か九鬼は、「嫌だ一人で達《い》きたくない」と、頑是《がんぜ》なく首を振って涙を流すので宇津木は戸惑ってしまった。

「どうしてだ？　一度、先に達ったほうが、楽なんじゃないのか……？」

おそらくここがポイントだろうと、あたりをつけて内側から指で引っ掻けば、案の定ドクリと口の中で大きく震える感触がある。

「……もっ、い……か…ら、……いれ…て……」

涙と汗で汚れて快感で全身を染めていても、九鬼の高潔なまでの美しさはなんら損なわれることはなかった。

清潔な白い歯が覗《のぞ》く唇が、哀願するように淫らな願いを繰り返す様は、正直とてつもなく冒瀆的《ぼうとくてき》な光景で眺めているだけでゾクゾクする。

「本当に、大丈夫なのか？」

「挿《い》れるぞ？」と、宇津木が耳元で低く問うと、九鬼は涙で潤んだ目を必死に見開いて、健気《けなげ》にコクリと頷《うなず》く。

「んっ……い……い………」

一緒がいいと、震える指先を伸ばして自分の背中を引き寄せようとする九鬼に、宇津木は切ないような愛《いと》しさを覚えた。

考えてみれば、九鬼はいつだって閨《ねや》では宇津木に従順だった。

「……そうか、だったら遠慮はしない」

せっかくだから、これまで一度も許してもらえなかった体位で繋《つな》がろうと、宇津木は九鬼の力の抜けた身体を裏返して、腰だけを高く上げさせる。

そして、眼下で滑らかな背中を彩《いろど》る龍《りゅう》が、まるで生きてでもいるかのように艶《なま》めかしくうねる光景に眼を奪われながらも、猛《たけ》った自身を九鬼の入り口へと押し当てた。

「あ、う…うつぎ……？」

心許《こころもと》ない表情で肩越しに振り返った恋人を、大丈夫だからと優しく宥《なだ》めながら、獣の姿勢で背後からのしかかる。

「……すまん、少しだけ我慢してくれ」

形のいい双丘《そうきゅう》の狭間《はざま》に、指の代わりにすっかり熱く重みの増した自身を擦《こす》り付《つ》け、できるだけゆっくりと身体を進めるが、やはり思ってたとおり久しぶりのせいか、狭い内壁の抵抗は大きくて、受け入れる九鬼とは別の痛みに宇津木は眉《まゆ》を寄せた。

「……おい、もうちょっと、緩めろ……」

「ん…そ…なこと…言って……も……」

ムリだ……と、瞳《ひとみ》を潤ませながら首を振る九鬼に、宇津木はもう一度「すまん……」と白い首筋に軽く歯を立てながら腰をグラインドさせた。

同時に、少しでも九鬼の痛みを和らげようと、中途半端な状態で放っていた九鬼自身に指を絡めて、些《いささ》か乱暴に上下に扱《しご》いてやる。

「すごいな……。まるで、背中の龍が踊っているようだ……」

九鬼が快感で背中を震わせるたびに、雄々しくも美しい龍の体も小刻みに震える。

それは、想像していた以上に、ひどく扇情的な光景だった。

「あっ……あ……っ……ん……あん……っ」

九鬼の断続的な喘《あえ》ぎ声《ごえ》に煽られて、濡れた花芯と、ポツリと立ち上がった胸の突起を愛《あい》撫《ぶ》する宇津木の指先の動きも執拗《しつよう》になる。

「ちっ、ヤバイな……」

気持ち良すぎて昇天しそうだと、思わず口走ったのが聞こえたのか、宇津木を受け入れている九鬼の最奥がキュッと締まって、宇津木の分身を絶妙な加減で締め付けてくる。

「なぁ、俺がおまえの中にいるのがわかるか?」

あんまり長くはもちそうになかったので、やや性急に腕の中の身体を追い上げながら、宇津木は九鬼の耳の裏側に舌を這《は》わせながら訊《たず》ねた。

「ん………わ…かる…」

紅潮した頬《ほお》を床に押し付け、自身に絡んでいる宇津木の指に己の指を重ねると、九鬼は無意識なのか思いがけないほど奔放に腰を揺すりながら、「す……ごく、あつい……」と舌足らずに呟《つぶや》いた。

「……ああ、俺もだ。おまえの中、すごく熱い。熱くて、きつくて、蕩けそうなくらい気持ちいいよ」

九鬼の普段は冷えた体温が、自分の熱さに追いついたのだと教えながら、宇津木は恋人の細い腰を容赦なく揺さぶった。

無理な姿勢ではあったが、どうしてもキスがしたくなって、宇津木は胸に這わせていた手を九鬼の鋭角なラインを刻む顎《あご》へと移動して持ち上げると、そのまま背後から切なげに息を吐き出す恋人の唇に口づける。

「あっ………はぁ……ん…」

舌を絡めたままで腰を激しく打ちつけるようにして、二人一緒に頂点への道を刻む。

健気に宇津木のペースについてこようとしてか、自ら腰を振る九鬼の奔放さが愛しかった。

「…うっ、いきそう……」

先に宇津木の手の中で九鬼の花芯が弾《はじ》けて、それから少し遅れて宇津木も九鬼の中へと、白濁した熱い液を吐き出す。

どうにか九鬼を傷つけずに最後まで終えることができたことに安堵《あんど》しながらも、なるべく九鬼の身体に負担をかけないように気をつけて、宇津木は彼の身体の中に埋めていた自分自身をゆっくりと引き抜いた。

それから、そのまま宇津木のなすがままに身体を弛緩《しかん》させていた九鬼を横抱きにすると、満足げな表情で床へと転がったのだった。

やりたい盛りの十代の頃でもないのに、布団《ふとん》を敷く余裕もなく繋がったのかと思うと、なんだか滑稽《こっけい》だった。

「……大丈夫か？　どこも痛いところはないか……？」

案じるように顔を覗き込むと、ようやく意識がはっきりとしてきたらしい九鬼は、頬を上気させたままで「平気……」と答えて恥じらうように微笑んだ。

「……宇津木こそ、脇腹《わきばら》は痛まない？」

「ああ、平気だ」

暴漢に脇腹を刺されてから、既に一ヵ月以上が過ぎている。

今となっては、残された傷痕《きずあと》が時折僅《わず》かに引《ひ》き攣《つ》れるくらいで、普段の生活にはまったくの支障はなかった。

「今さらかもしれないけど、俺の背中の刺青《いれずみ》は、俺自身の意思に関係なく、無理やり入れられたものなんだ」

「……え？」

九鬼が突然話し出した内容は、堅気《かたぎ》である宇津木にとっては想像を絶するものだった。

「俺は、鬼同会《きどうかい》を継ぐつもりはなかった。でも、親父《おやじ》が澤口組《さわぐちぐみ》の鉄砲玉に撃たれて片脚が不自由になって、アメリカに留学中だった俺は無理やり日本に呼び戻された。ヤクザの跡目なんて絶対に継がないと抵抗した俺に、それなら堅気としては生きていけないようにしてやると言われて、薬で眠らされて背中に刺青を入れられた」

「なっ、それは本当の話なのか？」

いくら親子だとはいえ、そんな無茶が許されていいのかと、宇津木は当惑した表情で腕の中の九鬼の顔を覗き込んだ。

「ああ、血の繋がった実の親が、自分の子供にする仕打ちじゃないだろう？　しょせんは、親父もヤクザ者だってことだ。息子よりも、組の存続が大事だったんだろうな」

どこか遠い眼差《まなざ》しで、そう自嘲するような口振りで話す九鬼に、宇津木は顔を顰《しか》めて
「……ひどい話だ」と呟いた。

「やっぱり、宇津木もそう思うだろ？　だから俺も、親父がくたばったら、こんな組は跡形もなく潰《つぶ》してやると心に決めている」

「九鬼、おまえ……」

情事の後の、僅かに上気した色っぽい顔のままで、九鬼は物騒な台詞《せりふ》を淡々と口にする。

「家柄や血なんて、クソくらえだ。どっちにしても、俺は女に興味がないから跡継ぎはできない。四代続いた鬼同会も、俺の代で終わりだ」

一瞬、九鬼の美しい琥珀色《こはくいろ》の瞳の中に、ギラギラとした獣じみた色が過《よぎ》る。

「……九鬼」

圧倒されたように名前を呼ぶことしかできない宇津木に、九鬼は伸び上がるようにして唇を寄せると、甘えるような仕草で艶冶《えんや》に笑った。

「なぁ、宇津木。俺が欲しかったのは共犯者なんだ。俺が信頼できるだけの能力と実力を兼ね備えた、俺好みのイイ男……。見つけたら、どんな手段を使っても絶対に俺のものにすると決めていた」

「それが、俺だというのか？」

「そうだよ、高校時代から、ずっと狙《ねら》ってた。いつか絶対に自分のものにするってな」

ここに来て、ようやく九鬼の本音が聞けたわけだと、宇津木は妙に感慨深いような気持ちになる。

「俺が手に入って満足か？」

「……ああ、最高に幸せだ」

うっとりと微笑む九鬼に、今度は自分から口づけながら、宇津木も密やかに微笑する。

（相手に異常なまでに執着していることに関して言えば、俺も九鬼には負けないだけの自信がある）

昔から、あまり何かに執着することのない性質である自分が、これまでにただ一度だけ、本気で欲しいと願った存在がある。

欲しくて、どうしても手に入れたくて……。

けれど、つまらないプライドが邪魔をして、その時は自分からは相手に近づくこともできなかった。

あの頃の自分は、自尊心が強いだけの愚かな子供でしかなかったのだと、今ならはっきりとわかる。

結局、その存在とは、満足に言葉を交わすこともなく終わってしまった高校時代を、悔やんだところで今ではもう手遅れだと諦《あきら》めるしかなかった。

それは、高校卒業後に決定的に分かれた、互いの進む道があまりに違ったせいもあった。

だから、二度と会うこともないだろうと諦めていたというのに、運命の女神は彼に思いがけないチャンスを運んできてくれた。

十年の歳月を越えて再会した相手は、離れていた長い年月のあいだに、より魅力的に成長していて、今度こそどうやっても手に入れたいと彼に誓わせるのに充分だった。

今度こそ、手に入れるためには手段を選ばない。

今の自分には、無力だった高校生の頃とは違い、彼と並んで遜色《そんしょく》ないだけの財力もあれば、地位も名誉も備わっている。

年を経た分、ずるくもなったし、駆け引きをすることも覚えた。

だから、今度こそ必ず手に入れてしまおう。

逃げる隙《すき》など与えずに、この世で初めて愛した相手を、この身の内に飲み込んでしまおう……。

（……本当は、俺にはとっくにわかっていた）

細谷《ほそや》に、宇津木と九鬼の関係をそれとなく告げたのは誰だったのか？

鏡子《きょうこ》が調査を依頼した興信所に、圧力を掛けながらも宇津木と九鬼の関係については鏡子に報告するように仕向けたのは誰だったのか？

九鬼は、宇津木を手に入れるためには手段を選ばないと言っていたが、おそらくその言葉に偽りはない……。

ただ、宇津木も同じだけ九鬼のことを欲しいと望んでいたことに、彼は気がついていなかっただけだ。

（はたして、どちらが捕らえたのか、捕らわれたのか……。まぁ、手に入ったんだから、どちらでも構わないか……）

多くを犠牲にして手に入れた禁断の果実を腕に抱きながら、宇津木はゆっくりと幸福な気持ちで目を閉じたのだった。

# あとがき

こんにちは、仙道《せんどう》はるかです！

なんだか、つい先日もＷＨの『あとがき』を書いたような気がするんですが、気のせいじゃないですよね……（汗）。

諸々の大人の事情（？）で、なんとデビューして初めてのＷＨからの二ヵ月連続の新刊であります。

今年の春以降に私のサイトを覗いてくださったことがある方なら、すでにご存知のこととは思いますが、じつを言えば、この『龍と帝王』は当初はほかの出版社での発売が予定されていたものでした。

それが、色々な事情があって、そちらでの発売が不可能になってしまい、講談社様のご厚意でＷＨから発行していただけることとなったわけです。

急な私の相談を快諾《かいだく》してくださった担当女史、そして突然メールを差し上げたことで混乱させてしまっただろうイラストの小山宗佑《こやまそうすけ》氏には、深く感謝とお詫びを申し上げたいと思います。

でもお二方のおかげで、どうにか無事にこの『龍と帝王』が日の目を見ることができました！

私自身、久しぶりに新たな作風にチャレンジしようと頑張って書いた作品だったので、こうして『龍と帝王』が本になることを嬉しく思ってます。

アダルトでシリアスな、大人の男同士の恋の駆け引きストーリー……になっているといいなぁ（希望かよ！）。

何はともあれ、少しでも読んでくださった皆さんに、楽しんでいただければ幸いです。

先月発売になったばかりの『ロクデナシに愛の手を』のあとがきでも少し書きましたが、おかげさまで『摩天楼に吠えろ！』のドラマCDの制作の方も徐々に進行しています。

まさか、長年自分が憧れていた声優さんに、本当に自分の小説のキャラの声を当てていただける日が来るなんて夢みたいと、いまいち実感が湧かないままなのですが、とりあえずは幸せです♡

このドラマCDの詳細や、ほかの私の商業関係の仕事や、同人活動などの近況に興味のある方は、『銀河鉄道通信』というサイトの方を覗いていただければと思います。

日記と仕事状況の更新のほかに、同人誌の通販の情報なども載せていますので、パソコン環境のある方は覗いていただければ幸いです。
サイトURLとメルアドは、以下のとおりです。
URL：http://jns.ixla.jp/users/j200104x15502185/
メールアドレス：vharuka@f8.dion.ne.jp
メールで本の感想なども頂けると嬉しいです。
お返事は滞りがちで申し訳ないのですが、一度メールで感想をいただいた方には、不定期ではありますが同人誌の通販情報などをメールで差し上げています。

さて次回ですが、今回の話に続き大人の男二人のアダルト路線を目指して、まさに現在鋭意（？）執筆中です。

タイトルは『夜空に星がある限り』で、今回が社長×ヤクザだったので、次は刑事×探偵です。

これまで、私の作品の中ではあるようでなかった組み合わせです。

ちなみに、メインキャラに社長を書いたのも今回の宇津木《うつぎ》が初めてでした……。

何せ、私ってば自由業作家なもので（得意ジャンルはホストと芸能人。笑）。

またそう間をあけずに皆さんとお会いできると思いますので、店頭で見かけたらよろしくお願いします。

それでは、最後になってしまいましたが、今回のイラストを担当してくださいました小山宗佑様、男性が描いているとは思えないほどに繊細でカッコいい、宇津木と九鬼《くき》をありがとうございます。

本のイラスト以外のお仕事もお忙しそうですが、どうぞお身体に気をつけて、これからのさらなるご活躍を楽しみにしております。

そして、たくさんある本の中から、私の拙著《せっちょ》を手に取ってくださった読者の皆様にもありがとうございます。

私の本を読んでくださる皆さんがいなかったら、私はこの仕事を一〇年以上も続けることはできなかったと思います。

本当にありがとう、そしてこれからもよろしくお願いします。

二〇〇七年八月某日

仙道《せんどう》はるか　拝

仙道はるか先生の『龍と帝王』、いかがでしたか?
仙道はるか先生、イラストの小山宗祐先生への、みなさんのお便りをお待ちしております。

仙道はるか先生へのファンレターのあて先
〒112-8001　東京都文京区音羽2-12-21　講談社　文芸X出版部「仙道はるか先生」係
小山宗祐先生へのファンレターのあて先
〒112-8001　東京都文京区音羽2-12-21　講談社　文芸X出版部「小山宗祐先生」係

N.D.C.913　252p　15cm

**仙道はるか（せんどう・はるか）**

７月10日生まれ、蟹座のO型、北海道豪雪地帯在住。自他ともに認めるジャニーズ・オタクで、最近ではJr.の見分けもつくようになってしまった筋金入り。また、極度の活字中毒なので本がそばにないと生きていけない。
作品に『ツイン・シグナル』『ファインダーごしのパラドクス』『幻惑のリリス』『ヤヌスの末裔』『真夜中にダンスを踊ろう』『黒く光る月夜の森』「柊探偵事務所物語」「血の刻」「摩天楼に吠えろ！」シリーズなどがある。

**講談社X文庫**

white heart

龍《りゅう》と帝王《ていおう》

仙道《せんどう》はるか

●

2007年９月５日　第１刷発行

定価はカバーに表示してあります。

発行者——野間佐和子
発行所——株式会社 講談社
東京都文京区音羽2-12-21 〒112-8001
電話 編集部 03-5395-3507
販売部 03-5395-5817
業務部 03-5395-3615
本文印刷—豊国印刷株式会社
製本———株式会社千曲堂
カバー印刷—信毎書籍印刷株式会社
本文データ制作—講談社プリプレス制作部
デザイン—山口　馨



ISBN978-4-06-255990-4

# 原稿大募集!

いつも講談社X文庫をご愛読いただいてありがとうございます。X文庫新人賞は、プロ作家への登竜門です。才能あふれるみなさんの挑戦をお待ちしています。

1

X文庫にふさわしい、活力にあふれた瑞々しい物語なら、ジャンルを問いません。

2

編集者自らがこれはと思う才能をマンツーマンで育てます。完成度より、発想、アイディア、文体等、ひとつでもキラリと光るものを伸ばします。

3

年に1度の選考を廃し、大賞、佳作など、ランク付けすることなく随時、出版可能と判断した時点で、どしどしデビューしていただきます。

X文庫はみなさんが育てる文庫です。
プロデビューへの最短路、
X文庫新人賞にご期待ください!

# X文庫新人賞

## ●応募の方法

資格　プロ・アマを問いません。

内容　X文庫読者を対象とした未発表の小説。

枚数　必ずテキストファイル形式の原稿で、40字×40行を1枚とし、全体で50枚から70枚。縦書き、普通紙での印字のこと。感熱紙での印字、手書きの原稿はお断りいたします。

賞金　デビュー作の印税。

締め切り　応募随時。郵送、宅配便にて左記のあて先までお送りください。特に締め切りを定めませんので、作品が書き上がったらご応募ください。

特記事項　採用の方、有望な方のみ編集部より連絡いたします。

あて先　〒112-8001　東京都文京区音羽2-12-21
講談社文芸X出版部　X文庫新人賞係

なお、原稿の1枚目に、タイトル、住所、氏名、ペンネーム、年齢、職業（在校名、筆歴など）、電話番号、電子メールアドレス（ある人のみ）を明記し、2枚目以降に1000字程度のあらすじをつけてください。

原稿は、かならず通しナンバーを入れ、右上をひも、またはダブルクリップで綴《と》じるようにお願いします。また、2作以上応募される方は、1作ずつ別の封筒に入れてお送りください。

応募作品は返却いたしませんので、必要な方はコピーを取ってからご応募願います。選考についての問い合わせには応じられません。

作品の出版権、映像化権、その他いっさいの権利は、小社が優先権を持ちます。

# ホワイトハート最新刊

## 龍と帝王
仙道はるか　●イラスト／小山宗祐
何もかもすべてが計算ずくだったのか？

## 白の火焔　ー恋語りー
青目京子　●イラスト／樹　要
「愛」と「歴史」の狭間で揺れる、娘の運命は!?

## 月哥伝
御木宏美　●イラスト／赤根　晴
「月華伝」で描かれなかったもう一つの物語。

## こんな気持ちは許さない　浪漫神示
峰桐　皇　●イラスト／如月　水
俺サマ男の氷楯に恋のライバル登場!?

## 世界で一番可愛いあの子
森山侑紀　●イラスト／カズアキ
特異体質の和也。今度は男同士で結婚か!?

### ホワイトハート・来月の予定(10月3日頃発売)

アラビアンズ・ロスト………綾瀬まみ
インペリアルスイート…………伊郷ルウ
ライバル vol.3　北風と太陽と‥‥柏枝真郷
龍の灼熱、Dr.の情愛…樹生かなめ
ドロップアウト　堕天使の焦燥…佐々木禎子
薔薇の名前Ⅰ　オッドアイ………水戸　泉
巫祝の系譜　鹿鳴館のアリス…宮乃崎桜子
魍魎《もののけ》の都　ー姫様、出番ですよ！ー…本宮ことは
金の夢幻　薔薇の再会　ウナ・ヴォルタ物語 ‥‥森崎朝香
※予定の作家、書名は変更になる場合があります。